阅美文

尘埃里盛开一朵明亮的花

张海霞 著

张海霞

西苑出版社

图书在版编目（CIP）数据

尘埃里盛开一朵明亮的花 / 张海霞著 . —北京：西苑出版社，2018.12

ISBN 978-7-5151-0673-1

Ⅰ. ①尘… Ⅱ. ①张… Ⅲ. ①散文集－中国－当代 Ⅳ. ① I267

中国版本图书馆 CIP 数据核字（2018）第 289948 号

尘埃里盛开一朵明亮的花

CHENAI LI SHENGKAI YIDUO MINGLIANG DE HUA

出 品 人　赵　晖
责任编辑　陶永学　汪昊宇
特约策划　凌　翔
责任印刷　陈爱华　严令升
责任校对　刘娟娟
封面设计　戴　敏
出版发行　西苑出版社 XIYUAN PUBLISHING HOUSE
通讯地址　北京市朝阳区和平街 11 区 37 号楼　邮政编码：100013
电　　话　010-88636419　传真：010-84281520
　　　　　E-mail：xiyuanpub@163.com
印　　刷　三河市金元印装有限公司
经　　销　全国新华书店
开　　本　710mm × 1000mm　1/16
字　　数　160 千字
印　　张　12.25
版　　次　2019 年 3 月第 1 版
印　　次　2019 年 3 月第 1 次印刷
书　　号　ISBN 978-7-5151-0673-1
定　　价　49.80 元

目　录

第一辑　红尘里感受岁月的美好

第二辑　乡愁里腾飞日子的光泽

第三辑 风景里打磨光阴的变迁

第四辑　亲情里缓缓流淌一首歌

第一辑　红尘里感受岁月的美好

尘埃里盛开一朵明亮的花

她忙碌着，把一片菜叶放进划开的面饼里，再利索地夹几块炸好的细碎鸡肉，刷子在酱汁里蘸蘸，然后快速地在肉上和面饼上刷刷，熟练地翻转着面饼，犹如手上盛开一朵花。

她身后，正好是一家花卉店铺，橱窗里花花绿绿的植被透着暖洋洋的光，给她和暮色增加了亮度。

她是摆小摊的小贩，卖一种食品“肉夹馍”。走近她的时候，她忙得不可开交，额头忙出了汗渍。两只手像挽花一样，不停地重复那几个动作，炸饼，炸肉，然后用笊篱捞起来沥干油，把肉放进饼子中间……这几个动作快得让我眼花缭乱。她身边围着一圈刚放学的孩子，可见生意极好。

我走近她的时候，风吹过，特冷。我缩着脖子站在她的摊子前，等待一个肉夹馍，她笑着和我家宝宝打招呼。

我问：“多少钱一个？”她说：“三块钱。”“是不是真的肉？”我脱口而出。但说完这句话，我就后悔了。这样唐突的语气会不会招来口舌之争？

她笑，一脸爽朗，说："怎么会呢，我做的是良心生意，要不，你看咋有这么多孩子等呢。"

我致歉："对不起，就是感觉太便宜了，请别介意。"说来她卖的肉夹馍也是真的便宜，买过很多肉夹馍，基本都是四块钱或者五块钱。乍一下听到三块钱，像是随机反应，想着肉是不是假的。这也是害疑心病了。

她还是笑着回应："没关系，我天天都在这里，做孩子们的生意，不会坏了良心的。"一边说一边自顾自地忙碌。

我的内心忽然翻江倒海，为她那句"良心生意"。在这个物欲横流的社会，多少人能把这几个字放在心上呢？见多了地沟油、勾兑奶粉、瘦肉精等一些让人谈起食品变色的假货，谁又能把"良心生意"做成一种招牌呢？

今天，这个暮色深深的冬日，一个狭窄的街道旁，一个卖肉夹馍的女人，把这四个字顶在头顶，于严寒中在街头忙碌。她无暇顾及别人说什么，遵守着内心的坚持，把一份良心生意做得红红火火。这该是怎样的一种境界呢？我为自己的质疑感到羞耻。

在她的忙碌下，一个个孩子接过她递过去的热腾腾的肉夹馍。含笑打招呼离去。

我一直等着，排队等。在我前边等的是一位年过六旬的老人，带着一个六七岁的孩子。待她把肉夹馍递给那孩子的时候，老人把一元硬币放在她的摊架上。她笑着说："都说了，不要钱，你看看你，快收起来，一个馍而已。"

老人执意要放下。她转身从货架后边走过来，拿起那枚硬币塞到老人手里。老人捏着硬币，看她一眼，什么也没有说。走了很远，又回头看一眼小摊。从那眼睛里，我分明读到一种欣赏和感激，尽管老人什么也没有说，但我想，这一份情谊会永远在她心中。

我的心再次颤抖，在这个寒冷的冬季里，心头生出许多暖意，内心无端的烦躁忽然平静，只余感动和美好。看着她忙碌，想起一种宁静的花。在乡下，春来时，有一种很细小的花，大片大片，蓝莹莹铺满地面，即便被行人踩过，一夜后，经过露水的泽润，照旧绽放。

我不知道那种花的名字叫什么，却因为它的普通和那种顽强的生命力而牢记在心里。此刻，看着这个做良心生意的平凡女人，我心生敬意。她在嘈杂的红尘里摆一个小摊，用一个三块钱的“肉夹馍”温暖了一个老人和孩子。我觉得，她就是那样的一种花，虽然普通，却异常美丽。

把日子过成一束光

阳光自窗子缝隙钻进屋子，散落一地方格，极尽柔软。我伫立于阳光的细碎处，看不远处在日光中斑斓的山峦，红枫耀眼，劲松挺拔，神游其中，心生欢喜。

昨日，收到李凯寄来的一捆甘蔗。看着一大捆粗壮的甘蔗，无语而笑。几百里邮寄一捆甘蔗，这世上恐怕也就这么一个人了。

他在微信里说，今年雨水大，甘蔗长势比去年好。

我问多少钱一斤？一共种了多少亩？

他说，二亩。甘蔗按棵卖的，一棵五块钱。他接着说，他是科学种植甘蔗，一亩地两千棵左右。

算了算，两亩甘蔗，他今年收益有两万块钱。这个数字让我心生安慰，对于富贵的人来说，两万算不上什么，不过九牛一毛而已。可是对于他来说，这是好年景的收成。

李凯是网友，十多年的情谊，不曾褪色。他患“强直性脊柱炎”十几年了。二十多岁发病的时候，以为是简单的风湿，乡下医生误人，耽搁了最佳治疗期。再以后，就被大医院的医生下了诊断，不死的癌症。面对这沉重的雷霆之击，他苦笑一声说：“幸好，能活着。”我也说：“是的，活着最好。”

这么多年，他的病没有再治疗，所以病情日渐缓重。站着需要拐杖支撑。

记得最初相识之时，他一首首诗作发在聊天的窗口，那才情，让我暗自惊叹，恼恨自己拙笨，不会吟诗填词。

那时候，他写忧伤的文字，像一个迷茫的大孩子，白天黑夜沉迷网络。所有收入就依靠网吧每天十块八块的营业额，可谓艰难度日。那种孤寂和落魄让我倾尽女性的同情。有一次，他在QQ给我留言，说家里人给他安排相亲，那个女的是个哑巴，还有点傻。他问我，要见吗？

我惊诧得语无伦次，说不知道之后，便陷入无边的恐慌之中。我心目中的大才子，要沦与傻子相亲，这让他情何以堪！如果，让他今后的人生天天面对一个什么也不懂的傻女人，该如何是好？

我感觉，那次他哭了。他絮絮叨叨和我说了很多。说他能理解父母，不管怎么说，那哑巴是个女人，结了婚，总会有后的。有了孩子，人生也就有了盼头。可他最后又说，他不甘心，他的人生怎么能如此荒唐。

那种悲凉，让我在红尘中瞬间找不到方向，甚至一度抱怨命运的不公平。

草木几度春秋，时光如水漫漶。这以后的几年中，我一如既往地漂泊在俗世，如一粒微尘，在岁月的沙漏中。

李凯依旧一个人。那段时间，他的头像一直是灰色的，即便偶尔弹出窗口，也是那么兀自抖动几下。忙碌的日子，让我无暇过多关心他的生活。直到有一天，他打电话给我，说：“我要开始创业了。”

我问：“准备做什么？”

他说：“把家里的几亩地种活泛。土地是根本，土地活了，就啥都有了。”

这样的说法，让我感觉新奇。一再追问他的创业理念是什么，他说种几亩葵花，然后在葵花地里养上五百只小鸡，用网把地挡起来，不怕小鸡飞出去。他又说，他调查过了，现在城市里人不爱吃饲料养的三黄鸡，散养鸡的市场需求很大。

那年，他拍大片的向日葵花发给我，问我好看不。

我说，太美了。那真是一株株让人感动的生命，它们迎着晨曦，送走晚霞；踩着甘露，踏着余晖，把芬芳播撒。金灿灿的圆盘大花，像太阳一样，发出炽热的光芒，亮闪了我的眼睛，那种蓬勃和朝气，让我的心在一瞬间豁然开朗。

很遗憾，那年太旱，向日葵正上浆之时，许久没有下雨，导致葵花减产。鸡也一个个得瘟疫死去，最后只剩下几十只。葵花籽榨了油，全部卖出去了，勉强够本。

我生怕他再次颓废。没有想到，第二年开春的时候，他又踌躇满志地说，今年不种葵花了，改种甘蔗。鸡少养点，继续来。我嗯了一声说，继续来。

头一年，甘蔗种一亩，还好，这一年虽然还干旱，但是提前运筹帷幄，浇了一次水。那年甘蔗收入三千块钱。他高兴极了，在新年钟声敲响的时候，给我发了一个大大的红包，说是分享丰收。我快乐着，是的，我愿意和他一起分享丰收的幸福。

一次次把甘蔗种进土地之后，他似乎是很有经验的技术员了。在故乡的土地上，被乡亲们用摩托三轮车载着，查看甘蔗的长势。空闲时，他陪老年人下下棋，陪孩子们复习复习功课，陪老母亲唠唠嗑……别人搞一些乡村企业发展规划策划书，需要签订合约什么的，都来找他咨询，那次，他被接到一个大型的生态农庄，参观艾蒿种植……

他说他现在很忙，每天时间都不够用，要做的事情太多了。我忽然想起，他以前就是乡亲们心中的才子呀，只是被岁月蒙了些尘，如今擦去尘埃，还是那么明亮。

咬一口甜得如蜜的甘蔗，我一边写字一边笑，他终于把日子过成了一束光……

山一程，人一程

山一程

佛家参禅的第二种境界，是看山不是山，看水不是水……

《论语·雍也》篇亦提及，智者乐水，仁者乐山……

站在这座名为“脑子寨”的山脚下，看山，依然是山。这不是禅师所言的第三种境界，而是我俗入尘埃，只能眼巴巴地解释，眼前的，是实实在在的“山”。

山，很大，也很高。矗立在这座名为“淅川”的小城背后，它就这么站着，从远古到现在，在历史的长河里悄无声息。在我的印象里，三五天时间，无法用更深奥的词汇去详尽一下，只能这么看着它，然后用力攀登，用它的高度来突破自我。

晨起，又一次来到山脚下，有鸟和不知名的小虫远远近近地鼓噪。各种灌木挂满露水，还有几种熟悉的山果，如山枣、桐油果、山楂。因为有了果子，我隐约地觉得，这是完成了岁月交付大山的任务，即，季节替换。

我站在山腰，山脚下也有人陆续而来。山，忙碌起来。

我认真地目测这座山。山，不富裕，或者可以说，它还没有脱贫，因为挂在它肚皮上的灌木那么低矮，偶尔有一棵，也达不到称之为高大的程度。一些地方，裸露着黑色的石皮，光秃秃的，抚摸一下，为之心疼。

同行的友人说，山的情况已经好很多了，换作十年前，黄土飞溅，碎石凌乱，你又该涌起多少感叹呢。我惊诧，脑中恶补了一个画面，没有青青碧草，没有绿绿树木，满目疮痍的大山。我的天，那是怎样的一幅惨景呢？又是谁曾经残忍地扒掉了它的衣衫？

山，哭了吗？它该到哪里诉说心中的委屈和满腹的愁怨……

伤感之余，我欣慰，今天看到的山，有高高低低的灌木做绸衫，它们紧贴着大山，把这个世界的圆润和灵秀赋予它；不多的苍苍劲松，像一篇老成稳重的文，加载着山的气势，拔高它的恢宏，使其大气磅礴。

山，苏醒了，在受伤很多年后，这是现在的山。我努力搜索一切关于山的词汇，梦想完成一篇华丽的章节。让山在一段一段的渲染中，通透，明亮。

山默然，它对视着我，用平静对着我的紧张。它用博大的胸怀告诉我，已经不必搜肠刮肚太过用力地叙述过往了，一切冲撞的情节和激情都不必用咆哮和嘶吼的形式，它依旧矗立，便足够坦然。

因为，它是山，山是它的世界。

站在山顶，旭日冉冉升起，一层水汽随之浮动，额头润泽，多了几分明净。我观山，遥远处层峦叠嶂，一架一架的山，直插远方，浅浅深深的树木，横七竖八地却又满是有秩序地填充着大山，丰满且充满内涵。山，是大度的，它很会掩饰，用葳蕤的新秀挡在身前，入了眼帘的都是生机，它的疼，留在漫长的岁月里，慢慢填补。

花，是山的点缀。尤其是人工播撒的格桑花，使山多了情感的气息。沿山而立，它们是静态的，是和大山相互依偎的植物，浓淡、深浅、清雅、沁入心扉；它们是文人笔下的一纸素稿，是一幅国画的水墨感，不疾不徐，暖，亦缓，如握了大半生的瓷，亮着，也温润着，圆滑着，更是厚重着。

山孤独而倔强地伫立，不争锋，不抢眼球，只是静静地与世界对视，支撑一方，而我们，就在它的怀抱里，温暖……

人一程

世上本无路，走的人多了，便有了路。

她在前边走，我在后边跟着，自爬山以来，皆是如此。每一天开始登山时，她都会莞尔一笑，问："今天你走我前边吗？"

我摇头，说："还是你走前边吧，看着你的脚步，我就有了目标，只有这样，我才有登山的力量和勇气。"

她不语，抬脚开始登山，一步踩下去，稳健；两步踩下去，有力；三步踩下去，便和我拉开了距离。然后，放缓步子，微微扭头，看我一眼，等我大喘着粗气卖力地走近两步后，她扭头，继续一步，两步，三步，向前走。

她，认识七八年了，是我在这个小城为数不多的女友之一。记不清是怎么相识的，只是 QQ 和微信里都有她。可惜基本不聊天。能记得是，多年前在街头碰见几次，还是匆匆打过招呼便擦肩而过了。

再见面时，已恍若多年。这些年，杂七杂八的琐碎把彼此的生活打乱，少了朋友之间的诸多调侃，也少了提笔写字的雅致情感。那天，街头相逢，不禁感叹，哎呀，过了许多年。

她笑，我笑，既而约定，一起爬山。我要攀登一次，她走了十年的大山。

山，有些陡，一条窄窄细细、弯弯曲曲的小路蜿蜒而上。她的背影很柔，和她的脚步相比，少了铿锵，少了力度，少了脚踩大地的雄壮，多了沧桑，似乎是一种无法叙述的无奈。是的，她弯腰时，我读懂了一种融化在她骨髓里的疼和烙在心里的痛。

路上有一条蚯蚓，她走近时，用脚把它轻轻踢进草丛；一只蜗牛也是同样的待遇。我的心，在那一刻悸动，这该有多细腻的心，才能体恤这些弱小。那一天，我观察她。侧影里，太阳的光晕斜照在她的身上，浮光华年，我发现她曾经白皙的脸上有了细纹；明亮的眼睛，增加了伤感……

后来，知道了很多关于她的事。失去孩子对于一个母亲而言，那是怎样的撕心裂肺……生活里，遭遇的困顿又是那样的无奈和压抑……我不想过多描述她痛苦的过往，也没有把这些当成她攀登大山的理由。我想到的是，她把大山当作地平线，走过去，便能见到红彤彤的太阳，当霞光万丈刺激视觉的时候，地球也有了色彩。是的，当蔚蓝碰见霞光，一切都变成了有形，或是奔腾苍穹的龙，或是涅槃舞动的凤，她把岁月当作大山一样攀登，便日日见到希望。

一个女人和一座大山，这是顶好的小说材料。脑海里，不断闪过碎片。我想过多次，把她作为小说中的主角，写一则人间爱恨悲喜的故事。思前想后，又怕撕开那血淋淋的画面。于是，我沉默了，一天一天跟在她后边，攀登大山。

山路崎岖，峭石时而卷曲，时而锋锐。她如履平地，不疾不徐，依旧在前边走，偶尔和我说话。眼睛里，有水溢出，很清澈。

我说："姐，你是我的动力。"

她笑着说："你才是姐的楷模。"

“莫听穿林打叶声，何妨吟啸且徐行。竹杖芒鞋轻胜马，谁怕？一蓑烟雨任平生。”那一天，我很嘚瑟地想起了这首词，而且羞涩地冠在她身上。她不知道，我已经暗自把她描绘了许多遍。

站在山顶，我浮想联翩。感叹这段网络流传许久的心灵鸡汤：时间，带不走真正的朋友；岁月，留不住虚幻的拥有。有心的人，不管你在与不在，都会惦念；无心的情，无论你好与不好，都是漠然。人在落魄时，才知道谁的手最暖；情在吵架时，才明白谁的心最软。

这些天，我一直和她并肩而行，微风拂面。前边的山道旁，格桑花开得特别娇艳……

夏天的花事

天气极好，隔着米色的窗帘，我看到一缕缕阳光带着笑容。我喜欢，喜欢这满地的阳光，暖暖地洒在对面的楼上，耀眼，光亮，心情被浸染得无比快乐。

友人打来电话，说："出去转转吧。去东方学校，去杨老师家，她家的花儿争先恐后地开了。"据说，杨老师正和鸟儿大战呢！多有意思的事情，心里痒痒的，生怕错过一场精彩的故事情节，追不上夏天的那些花事。

植物，各种各样的都有。花儿真多，一簇一簇的。杨老师介绍说："虞美人只剩下一株了。"它在杨老师的精心照顾下，留住了春天的最后一抹阳光。像一个骄傲的女子，诵读着久远的诗卷。

一片花儿，白的、粉的、大红的，还有淡黄的，在花海中独具特色。杨老师说："这叫格桑花。"

我惊呆，这便是传说中的格桑花吗？如此素雅，如此庄重。一朵朵花儿在枝头，随风轻轻地晃。我想起辽阔的草原，想起了藏民，格桑是幸福的，格桑花就是指幸福的花儿！

它生长在高原，看上去弱不禁风的样子，可是听说，风越狂，它身越挺；雨越打，它叶越翠；太阳越曝晒，它开得越灿烂。它就是寄托了藏民期盼幸福吉祥等美好情感的格桑花。

在藏民眼里，格桑花是高原上生命力最顽强的一种野花。我曾经千万次地幻想过，它是一种什么样的花儿。此刻，格桑花就在我的眼前，我情不自禁地捧起她，亲吻她。如果，我是一朵格桑花，那么，还有什么过不去的坎，还有什么蹚不过的河，风雨何惧。我吮吸着格桑花的味道，似乎沐浴了一场心灵的洗礼，浮躁的灵魂在格桑花面前，竟然变得异常平静。

再一次看到枇杷果的时候，我笑了，想起了友人送我的枇杷果，小得可怜。我曾自作主张地怀疑，枇杷果小是因为它本来生长在水土湿润的江南，如今硬生生地把它移栽在气候干燥的北方，自然就蜕变了，变成弹珠型了。

枇杷果味道好，连鸟儿也不放过它，总是偷偷摸摸地来啄一口。杨老师是个细心人，她把枇杷果用布兜起来。这就是人鸟大战了，这场争夺枇杷的战争，归根到底，人依然是胜利者。杨老师笑了，她优雅的笑容好似一朵格桑花！

核桃挂果了，密密匝匝地加塞在枝和叶子之间。杏儿黄了，赤溜溜地挂在枝头，晕黄的皮肤含羞地卖弄着。

雅俗共赏，我觉得任何男士和女士都应该有这样的心境和态度。该雅就雅，该俗就俗，毕竟都是吃五谷杂粮的人。花儿也一样，就如这万花丛，大雅大俗共存，才是美！

大丽花，红，耀眼的红，红得像绸缎。

合欢花，已经开始飘了，轻飘飘的，有的落在地上，有的飞出红尘之外，在无边无际的半空中游呀游。

香气袭来，跟着嗅觉，追寻到栀子花前。白白的栀子花，在我毫不设防的心情下，跃然在眼前。风姿绰约的栀子花，洁白，纯洁，一尘不染。我绞尽脑汁地想，想一切优美干净的词汇，想把栀子花好好地赞誉。可是，穷尽所思，依然没有找到一个完美的词组。

我忽然就想落泪。栀子花，一瓣一瓣地开，嫩白嫩白，开在我的心上，也让他轻轻地浮在眼前。多美啊，他吹箫，在故乡的河畔上，河岸十几米都是茵茵青草。绿呀，绿得眼睛都成了一汪水。他的俊脸在斜晖下，在河水的倒影中，更俊了。嘴唇鼓起一首首曲子，悠扬顿挫。他的眼里藏着几多的抑郁，几多的哀伤，几多的疲倦，我不敢靠近，生怕碰到他的疼痛。这疼痛，是我给他的，却无法抚平。

栀子花开了，他走了，携着另外的一个她，轻盈的步子重重地踩在我的心上。他回头看我一眼，我的心碎了，栀子花也碎了。满满的一地香，碾为尘埃。风吹过，花谢了，叶子落了，所有的情节就如一泓溪流。唯有给我留一段情殇，在每一个开着栀子花的夏天里演绎。

满园的花儿，满园的心事。在这个暖意洋洋的夏天，恣意绽放。

近处，房舍，有音乐传出，钢琴的叮咚之声，悦耳，亲切。花儿开了，花儿败了，人生也是一样，跌宕起伏，起起落落。穿过这个夏天，就到秋天了。

含笑的花

童年和少年，喜欢花儿，各种各样的花儿都喜欢。于是，便四下寻找花种。春天来的时候，迫不及待地播种。那时年少，不懂得欣赏，更多的则是女孩子的爱美心态。

那时，总喜欢把花池垒在房檐下。花池很简单，找几块半截砖，堆成一个长方形，或者四方形，便成了花池。几个女孩子拿着篮子，到村前的地里抬几篮子土，倒进去，花池也就垒好了。几乎每个同龄的女孩门前，都有这样的一个花池。

于是，谁家有了新的花苗，就千方百计地讨来，栽进花池。花，一日日长大，叶子翠绿。终有一天，下大雨，屋檐的雨滴似洪水猛兽般狂泻。一池子的花苗，无端地被“洪水”肆虐。

这样的场景延续了好多年。而我们，那一群爱花的女孩子，却始终没有想起把花池重新垒个地方。这错位，以至于年年都看不到花。可我们依然快乐着，那是发自内心的快乐。

而今，又至春天，又到了开花的季节。一屋子的阳光，洒满柔情。

心情好，去喜欢养花的朋友家玩。一树的白花，满满地出现在眼前，我惊讶于它不管不顾地开放，那种热闹，把春天以及春天以外的一切都抛在了脑后。

朋友说，这花叫含笑花。我低头，抬头，再低头，又抬头，满怀感动。

一位挚友，婚姻不幸，分开了。那年，听到她离婚的消息，我一个人傻坐了很久。很长时间，一直担心她走不出生活的阴影，又不知道怎么劝说。那时候拿着电话，总惆怅满怀。有些事，不亲自经历，是领会不到那种痛的。我总是在安慰自己，时间是最好的疗伤药。

最近见到她，却发现她气色很好，甚至比以前更加靓丽。我想，不用问也知道，她度过了一段黑色的日子后，笑着走了出来。就像季节，冬天过去了，春天总会来的！

友人的笑很灿烂，就如眼前的含笑花。美美的，那是一种真美，没有娇柔，没有做作，是坦然的、平静的，沐浴着阳光的笑，足以令人平静。

人的一生，总要经历这样那样的事，经过了，也就经过了。生活还得继续，不是吗？

看过一本小说。一个女人，始终得不到家人和朋友的理解，她的一些想法和做法让身边的人感到不可理喻。她陷入痛苦之中，日日痛苦，日日流泪，走不出心的囚牢。

她想死了算了，活着没有意思。于是，她就想各种各样的自杀方法。她觉得割腕流血太多，场面恐怖，怕吓坏了家里人；喝药，她想着太痛苦，顺嘴流白沫，她接受不了；上吊，家里是平房，拴绳子的地方都没有。她思前想后，选来选去，最后选择跳河。

走过城市漫漫街道，送走你来我往的行人，看尽黄昏美景，她觉得时机成熟了，就在她要跳河的一瞬间，另外一个女孩子，却比她抢先一步跳进了河里。

她被惊吓到了，像是条件反射大叫起来，然后奋不顾身地跳进河里，救起女孩。

然后，然后呢，她给女孩讲做人的乐趣，苦也生活，笑也生活，生命珍贵。她劝女孩的时候，竟然忘记自己也是来寻死的。

后来，她不再想死了，买了菜回家做晚饭，跟没事儿人似的。家人都没有发现她曾经想要自杀的异常。她能感受到，每一天的阳光和风霜雨露，都是大自然赐予她的幸福。乐了，就是一朵含笑的花。这是植在心里的，生活的花。

含笑的花，白色的，特别纯洁。

有阳光的日子

太阳就像开足马力似的，暖得心里亮亮堂堂。走出家门，赫然发现，那一丛绿色的植物，正伸着懒腰吸收着暖阳呢。这一簇植物，长在大门口的偏角处，一个很狭小的空间。一步见方处，就生长着它，似乎这个地方就是为它量身定制的一样。

这一簇绿色叫不出名字，往日天天见到，没有啥感觉。今天看到，忽然就惊讶了。那绿色的叶子顺着墙爬，几天没见，已经爬到了院墙中央，那劲头，好像在挑战什么。我喜不自胜，对着它就是一张照片。

这没来由的欢喜，都是托了太阳的福。有阳光的日子，总是那么的美好。

昨天去医院看生病的亲戚，她的病房内多了一个嗓子动了手术的病人，那个人喉咙长了瘤子，堵住了声道，说不出话，吃不了饭，就动手术植一个铁管在咽喉处。铁管是通气的，如果想要说话，他必须按住铁管的那个洞，但发出的声音依然是嘶哑的，很难听清楚。

看我进来，他带着期盼的语气问："今天有太阳吗？"声音嘶哑，我没听清楚，就回问他一句："你说什么？"

旁边的可能是他的女儿或儿媳妇，不耐烦地回了他一句："有，大日头呢！"

他"哦"了一声，便不再说什么。我笑着对他说："外边很暖和，可以出去晒晒太阳的。"

他朝我点头，那眸子里隐约多了一道明亮的光。

我心生感触，也许他要的不是一句有太阳，而是一句很暖心的话，就像阳光一样，温暖他的心。

走出了医院大门，正好碰到邻居奶奶送孩子上学，小不点一摇一晃地在前边开路，步子欢快轻盈。她是去年从西藏女儿家回来的，租了我对门的房子，就是为了方便照顾孩子上学。

她每天都会定时送孩子、接孩子，日复一日，雷打不动。我和她一起走到幼儿园门前，孩子挥着小手颠颠地进去了，她目送着外孙的身影，一脸的幸福。

我和奶奶告别，向着街口走去，看到几个女人围在修鞋女人的摊子前叽叽喳喳地说着什么。我从旁边走过，看了修鞋女人一眼，恰逢她抬头，她咧开嘴笑了，亲切地说："呀，妹子，有一段时间没见着你了啊！"

我笑着说："是的，有事出门了一段时间。"

听见我们的对话，一个女人回头看着我，问修鞋女人："你们认识？"修鞋女人又一笑，说："咋不认识呢，她常来我的摊上修鞋呢！"

听到她的话，我心里盛满了感动，暖流一阵一阵涌在心口。原以为，走过了，也就忘记了，没想到，她看见我，竟然流露出如此亲切欢欣的笑容，如她身后一朵洁白的花儿，在暖阳的照耀下，灿然开放着。我忽然明白了，幸福何其简单，原来就是在有阳光的日子里，看一朵朵花的微笑。

路边花

穿梭在小城中，总能看到路边一盆盆、一簇簇、一朵朵五颜六色的小花儿，红的、紫的、白的、粉的，等等。多种颜色的小花儿，迎着清晨的雨露，送走晚霞的余晖，谢了又开，一年年、一月月、一天天在街头摇曳着，把一股股、一阵阵、一丝丝的芳香留在了小城的角角落落里。

我家与街道连接的岔口处有一位修鞋女人，入住小城十年了，十年如一日地看着她忙碌着。某些时候，我会轻轻地走到她的身边，坐在她递给的小板凳上，手托着腮，看着她飞针走线的样子，那娴熟的修鞋技术，让我打心眼里佩服和羡慕她。

她坐在小花儿丛中，干着最平凡的工作。她个子很高大很魁梧，脸可能因为风吹日晒，黑黝黝的，嘴唇一年四季似乎都是干裂的，头发稀少，而且是天然的黄，皮肤很粗糙，眼角有很深的皱纹，手掌有一条条裂痕。估计她四十岁左右，但是她的容颜看起来却大大超出了她的真实年龄。

记得第一次坐在她递给的小板凳上，刚脱掉脚上的鞋子，一个全身

脏兮兮的小孩伸着舌头怪叫一声扑向我，我吓得惊叫一声差点摔倒。在修鞋女人的大声呵斥下，他依然用脏手拉住我的裙子。于是，我洁白的裙子上就有了一朵黑灰色的小花。我刚想发脾气，可是还没等我说话，修鞋女人尴尬地说:"我小儿子很淘气，对不起啊，把你的裙子给弄脏了。"

她的话刚出口，我惊讶得瞪大了眼睛、张大了嘴巴，以为是她孙子呢，万万没有想到，竟然是她的儿子。幸好没有说出口，我在心里暗自嘀咕着。修鞋女人喃喃地说："不好意思啊，大儿子已经读初三了，又生了这个小的，难为情死了！"我笑道："现在很多这样的，没有什么不好意思的。"

修鞋女人很爱笑，嘴巴大大的，一笑便露出微黄的牙齿，嗓门也很大。虽然她不够美丽，但是她的笑很温善，有一种让我情不自禁地走近她的亲和力。

以后的每一天我都能与修鞋女人正面接触，她摆着小摊做着生意，我漫无目的地溜达在街头，有时候她会笑着和我说话，有时候太忙了，一个微笑算是打过招呼。

有时候她看到我会不经意地说句："你很耐看哦！"

我笑笑算是谢过，我读懂了她说的"耐看"的含义。漂亮是如花的容颜，耐看应该就是内涵，是一种后天培养的气质。她也许不知道"腹有诗书气自华"这句话的蕴意，但是，她一样有着自己的审美眼光。

修鞋女人年年月月地坐在路边，她脸上的笑容四季如一日从没有改变过。一天，当我问及她的家庭情况时，她笑着对我说:"我才买了房子，楼层有点高，面积也不大，虽然上楼有些吃力，但是能在这个小城有一个落脚之处，就很满足了。"她接着又说，"房子买了之后，还欠人家几万块钱，所以我必须努力赚钱早些还清债。"

我问她："爱人做什么呢？"说到她爱人，她的眼睛盈满了泪水，她用手抹了一下眼睛，说："他在建筑工地上干小工，小工干的都是最脏最累的活儿，挣钱却不多，每天回家倒在床上就能打呼噜，唉……”她长长地叹了口气。听出她的言语里边字字句句都是心疼，那一刻，我终于体会到了什么叫“相濡以沫”。

叹过气后，她的脸上露出了一抹自信的微笑：“会好的，过上几年还了债，就会攒钱了，儿子也大了。他要是能考上大学的话，就全力供他上，如果考不上，就让他学门儿技术，早点挣钱。”

听罢她的一席话，我心里真是佩服她，为她的美好憧憬感到欣慰。

在这个不起眼的路边，她靠着自己的娴熟技术，带着自信的、宜人的微笑，送走了一个又一个酷暑，迎来了一个又一个春秋。

每次我走过她身边的时候，她都全神贯注地低着头修补着，修鞋机在“吧嗒吧嗒”地响着。那一种充满希望的自信，那一抹亲和宜人的笑容，不知不觉间温暖了我的心……

小城嘈杂的环境中，美丽的风景无处不在，只要我们用心留意，就会发现，风景其实就在我们的身边，就如这位普通的修鞋女人，一朵朴素而美丽的路边花。

琵琶语

我听音乐《琵琶语》，一直听。

夜很静，能听到寂寞的声音。音乐，也寂寞着。立冬有些日子了，可以用夜凉如水这个词了。我放松了心情，尽管依旧凉，心也是。

缓缓的古筝声，在耳边流淌。朋友推荐这首乐曲的时候，有点相识恨晚的意思。他说看新三国，剧情里有这首乐曲，便一路寻来。

电影《一个陌生女人的来信》，是由奥地利著名作家茨威格的同名小说改编的。电影是中国版的，由徐静蕾和姜文主演。整部电影贯穿着这首《琵琶语》。电影讲述的是一个陌生的女人在她生命的最后时刻，饱蘸着一生的痴情，写下了一封凄婉动人的长信，向一位著名的作家袒露了自己绝望的爱慕之情。

看完电影，又看了小说。有些东西，用文字表达就更加有深意。虽然小说里没有音乐，但是听着音乐读小说，辽远也变得很近。有一种感觉，轻轻一碰，便能触摸到情节，那些揉碎的爱情和深入骨头的疼。忽然间，感到爱情的苍白和人性的淡薄。

生命就如列车，奔跑在轨道上，不停息，也没有时间停息，间歇时便是寂寞。

音乐缓缓，诉说孤独。窗外有风刮起，轻轻地透过窗户的缝隙，我渴望一场雪，有雪的时节便有回忆。当年轮在眉梢刻下一道道痕迹的时候，淡淡的哀愁便油然而生。正如此刻，我的思绪就如决堤的洪水，一发不可收拾。

曾几何时，阳光躲进古老的土坯房里，阴暗的角落，滋生的苔藓，张扬着霉变的味道！心疼的时候，就像脚踩在自己的影子上，咯噔一下。

那些人，那些事，犹如一幅画卷在眼前来回地盘旋，释放着无奈的孤寂；悠长的故事，带着清风白云的缥缈；山麓的神秘，在心底流动。

不知道从哪天起，学会用稚嫩的笔写着不成韵的诗集了；也忘记了从哪里知道的句子——“语言，是思想的交流；诗歌，是灵魂的对话！”

很多时候，我都在怀念，怀念田间地头宽阔的、没有污染的一方家园。天那么蓝，云那么白，草那么嫩。麦浪滚滚，枕着小河清澈的臂弯，安然入睡；成群的牛羊，阵阵叫声也能让人浮想联翩。

若干年后的今天，再也找不到那带着泥土香味的气息，带上沉重的枷锁，日子变得沉重了。

每每听到凄婉的音乐，总会潸然泪下。花开叶落，一切都在变换，唯一不变的是隐藏在心中的记忆。那蕴含着历史，孕育着真情的土坯墙，陈旧的栋梁带着缄默的灵性，散发着古老的芬芳。故乡，在没有虚掷的光阴里，烙上岁月的足迹。

我读书，希望用那些线条填补空虚，填补那些过去的、无法追回的足迹。比较起来，还是喜欢包利民作家的文章，乡土气息浓。亦喜欢丁立梅作家的小散文，她那充满阳光的文字能让心灵动起来。

最近几年也读了很多网络小说，悬疑的、修仙的，妖魔鬼怪都出现过。我看得乐呵，这世间，可不就是魑魅魍魉共存吗？懂也不懂，不懂也懂，就这么着吧。

昨天翻看旧文，发现以前写了不少长篇小说，遗憾的都是“烂尾楼”。想重新捡拾起来，却发现，思想跟不上节奏了，那些故事，似乎过去了许多年，无法把它们再次梳理完整，这是遗憾。我想了许久，自己告诉自己，人生总有遗憾，便释然了。

今天写了篇小文，零零碎碎，在音乐中码的，没有精雕细琢。实际上，我写的东西好像都没有细雕，不够精致。懒散的人，也懒散了文字。我以为，生活中总有许许多多的小懒散，欢喜着，便够了。

我听《琵琶语》，依旧叮叮咚咚，精致的美。渗透的，何止是心，那是灵魂！

苔花如米小，也学牡丹开

“白日不到处，青春恰自来。苔花如米小，也学牡丹开。”初识这首诗，是从歌里听到的。一位曾在山区支教的老师，拿一把吉他，带着他的学生们在央视舞台演唱。一首歌曲，让嘉宾席和观众席的人一个个泪流满面。屏幕前的我也是眼睛濡湿。

他说他是大山的孩子，不是最俊的那个，也不是成绩最好的那个。他从来没有当过老师，下决心去支教的时候，一直在考虑用什么样的方式教学。

因不会作词，他就把古诗照搬过来，用吉他自弹自唱，按照自己哼哼的曲调写下来。支教前，他弹唱了八首。2013 年到了贵州某一山区小学支教后，他把这几首歌教给孩子们，没想到孩子们竟然特别喜欢。在唱歌中，他们不仅学会了古诗，还懂得了诗意。

孩子们的兴趣给了他极大的鼓励，于是，一首首经典的古诗词演变成他的歌词，在吉他的伴奏下唱响山区。孩子们干净的声音犹如天籁，清泉般洗涤着他的身心。他在那所小学支教两年后，回到城市，和他的孩子们分别了许久。

登上央视舞台，伴唱的却是阔别几年的孩子们。他问孩子们，记得我教你们的《苔》吗？一群孩子齐齐点头。于是，一首干净到纯粹的歌曲久久回荡在脑海，一群流泪啜泣的小孩让人心疼不已。

我很敬佩那位支教山区的梁老师，用这样的方式，让孩子们努力追求未来。尽管山区经济落后、生活贫困，但是只要努力绽放，就会芳香四溢。

乡村诗人余秀华，她患有脑瘫，也招惹过一些是是非非，但是无可厚非，她的诗歌写得极好。在广袤的农村大地上，她用摇摇晃晃的身子，支撑着一首首令人赞赏的诗歌。对于余秀华而言，她卑微到尘埃，她的光华不及小小的苔米，可是当她闪亮的才情展露时，足以和牡丹媲美了。

余秀华之所以能被世人注意，是她坚持不懈努力的结果。她和乡村的庄稼一样，经历一茬又一茬的风雨，她也和土地一样，经受住了这些电闪雷鸣。她用不屈的意志走出一条路，那路，尽管不是很平坦，但是我相信，只要她跟着庄稼走，就会结出累累果实。

人生在世，我们不能左右自己的出生，但是却可以掌握未来。脚上一双鞋，脚下一对印。朝着梦想努力，向着目标前进，终有春暖花开的一天。

在村庄，我看到了那个从小缺失父爱的孩子，他和身有残疾的寡母相依为命，日子过得极其贫困。初中毕业后没有再读书了。他没和别人一样，出门打工，而是买了一辆二手的面包车，走街串巷给人家灌煤气，说这样能照顾到身体残疾的母亲。每次看到他，就仿佛看到那些长在石缝间的绿草。它们以勃发的精神迎接春天，它们向上、进取，给人鼓舞和力量。

那年在外地务工，一个车间十几个女孩，只有我是外地的。有个夜班，不知道是谁打瞌睡，做了一堆次品货，车间管理员验货的时候，不分青红皂白，劈头盖脸就凶我。她心里歧视外地人，认为只有我这个外地人技术不熟练，心思不端正，才会以次充好。

我没有争辩，委屈的泪水却长流不止。我坚信，再大的浓雾也会散开，再弱的阳光也有温暖，我只要做自己，做到问心无愧就好。时隔不久，相同的事件再次发生。正好，管理员检查到一个本地女孩的机器前。于是，她豁然明了。

如今，每每想起过往发生的一切，都会坦然一笑。那些年，因为苔米般的不被重视，遭受了很多不公正的待遇。但是也正是因为那些，而使我变得更加坚韧，再大的风雨也能面对，再大的挫折也不担心，抗压能力越来越强。

苔花弱小也是花，牡丹再艳也会谢。红尘滚滚，我们是最平凡的那一个。不拘于物，不拘于貌，无论是静态，还是动态，既能顶雷霆风雨，又能赏雨露春风，努力绽放自己就是美。

倚梅听花开

春，终是来了，吹在脸上的风，变得柔软无比，润滑剔透，如同经年里遗落的爱恋，生命的花事在一瞬间发酵。明媚的阳光下，草绿了尖尖，长在地面的黄花花，细细长长的花瓣，层层叠叠，像身穿鹅黄纱裙的仙子，舒展飘曳的长袖，迎风而舞。高挂在枝头的广玉兰，也伸开了慵懒的骨朵，长出一朵朵洁白、粉红的笑脸。

这真是一个令人开怀欢喜的季节，生机盎然，却又充满情趣。“竹外桃花三两枝，春江水暖鸭先知。”看吧，看吧，植物、动物们，一个个慌慌忙忙地走出来，跌进春的怀抱，长出一段段流传千古的佳话和故事。

友人发微信说梅园的梅花开得好热闹，看花的人络绎不绝，快去，快去。“莺初解语。最是一年春好处。”我想读读古人的诗词，把春天的美好一一记在心头，又怕怠慢了那一树树梅红。于是，紧赶慢赶，去梅园，再也不肯耽搁片刻。

红梅散落在山里，河的岸边，一树树花开沸腾，争相斗艳，把三月撩拨得热热闹闹。进山赏花的人，穿戴一新，在梅花面前，却是淡了色彩。梅花在风中欣然开放，把一缕缕芳香不断扩散，山里的，山外的，闻到的皆是香。

几个学生拿着画笔，端坐于画架之前，目视眼前一株梅或远处一片梅，时不时点上几笔。红的梅花，黑的虬枝，纵横几笔，弯曲而上，把梅的韵味一再加重。我看梅，亦看画，画是梅，梅是画，画景交融，竟然分不清彼此。

梅园中，留下风姿的不仅是画画的人，还有爱花的人。几位大姐，穿着崭新的民族风服饰，自带音响，一首首舞曲悠扬而出，她们自顾自地在梅园凌风而舞。欢喜的笑声，惊起落在梅园的小鸟，扑腾着飞入高空。

随行的表弟穿着军装，在红梅怒放的园子中，走走停停，恰如给红花衬了绿叶，张弛的情愫里，便有了别样思想。他说习惯了铿锵刚强，许久没有见过这样热闹的花事了。真像是进了人间的世外桃源！

我想，不管是桃源还是梅园，因为那些保家卫国的热血男儿，他们年复一年的站岗守护，我们才得以如此惬意地、安静地漫步梅园，享受生活，品读人生。

在梅花绽放的空间里，无论是爱美的女士，还是潇洒的男士，皆含笑而立，或捧花，或拍花，小心翼翼，生怕触碰到一树树的美好。梅园的一隅，有一座小院子，墙壁上偌大一块广告布，详细介绍了梅园的梅的品种及习性。哦，原来我们看到的梅，竟然来自遥远的江南。

据说梅园的主人曾经在外地务工，后来响应回乡创业的号召，回到山里的家。这片土地上，除了山，就是水。他再三琢磨，最后灵光乍现，从江南引进一批春梅，在山乡，只有零散的几株蜡梅，春梅却是没有。

当初栽下梅树的时候，遭到乡邻的嘲笑。说他不务实，好好的地，长庄稼的，愣是给种了奇怪的树。那些梅树，乡亲们没有见过。他们嘀咕，还不如种橘子、种梨子，哪怕种最遭人不待见的板栗也好。偏偏种啥“春梅”，梅花不是冬天开吗？

然而，当春风吹绿山乡的时候，这片来自江南的客，终是打破了山乡的平静。乡亲们睁大眼睛，看着这些轰轰烈烈的梅花。“众芳摇落独暄妍，占尽风情向小园。疏影横斜水清浅，暗香浮动月黄昏……”他也没有想到，一片春梅却是引得城里人蜂拥而来。

自打春梅打苞到现在，这片梅园就没有安静过，每一天，远远近近的赏花人，像是约好了似的，在梅园纵情开怀。原本寂静的山乡，因为这一片梅，忽然就活跃起来，平展的河边成了天然的停车场。农家乐小院子里，人声鼎沸，好不热闹。

按照梅园主人最初的设想，他承包这一片山，栽了梅树，待结了梅子卖钱的，没有想到，只在花期便讨人喜爱至极。他畅然的同时，也在心里规划，发动乡民们把这几座山都植上梅花，如果成规模的话，就能引来外地的游客，带动一方旅游发展。

他的构想得到响应，山乡的村民已经开始跃跃欲试。还没到植树节，陆陆续续就有人在挖树窝了。只待引进的梅花栽进去，下一年春天，这里更是花开菲菲、硕果累累。

倚着梅枝，花在我的眼前开呀开，开呀开！

“众芳摇落独暄妍，占尽风情向小园。”我沉浸在梅园的花海中，轻倚着梅枝，那一朵朵娇艳的红梅花儿在眼前盛放着，我好想变成其中的一朵，在这个美好的季节，自由自在地开放着。

于平凡中感受美好

岁月不紧不慢，流转变换。风，清瘦了季节；流年，如一阕词，填充了思绪。饱满的秋已褪色，冬的枝头挂上了纯色，好一派简简单单的光景。冰凉的指尖多了些许明净，春夏秋冬的框架中，日子越来越朴素了。

静坐在光阴里，有阳光的午后，咖啡的香气弥漫，耳畔响起一首悠扬的乐曲《斯卡布罗集市》。我沉醉于其中，细细地感受着日子的美好。

人生注定拥有一个又一个远方，在这条走向远方的路上，有阳光的味道，花儿的芳香，青草的碧绿。每一段风景，都在灵魂深处逶迤着，在心间留恋翻转着……

那些跌落记忆的人和事儿，在不经意间就多了几分回想。仓央嘉措说："我放下过天地，却从未放下过你，我生命中的千山万水，任你一一告别。"

真情难却，那些人和事儿，总会情不自禁地从记忆的深处翻涌上来。

居住于楼下的一对老夫妻，携手走过五十年了。奶奶说年轻时候，和爷爷整天拌嘴，这么吵着吵着，日子就越来越少了，少得能看见尽头。她说有些事不去计较，不放在心上，也就过去了。日子是什么？是炊烟里的一把柴，是床上的一个枕头，也是心上的一把锁，解开了，放平了，就会顺顺当当了。

听着她的话，感觉世界一片美好，如一朵小花开在心头，洁白、芬芳，也如一阵清风，凉爽、惬意。

人生就像一场修行，在花开花谢中感受日升月落，感受每一轮日升月落中所包含的平凡和幸福。

常常把心放在安静的地方，那么，此刻的心是接近自然的，也是接近幸福的。

“莫听穿林打叶声，何妨吟啸且徐行。竹杖芒鞋轻胜马，谁怕？一蓑烟雨任平生。料峭春风吹酒醒，微冷，山头斜照却相迎。回首向来萧瑟处，归去，也无风雨也无晴。”我极喜欢苏轼的这首词。于简朴中见深意，于寻常处生奇景。那种旷达超脱的心境，寄寓着超凡脱俗的人生理想。

光阴几度，人生几何。生命中值得读的人，且读且珍惜。

罗大佑的歌曲《光阴的故事》，轻轻地飘进耳畔，柔柔地划过心头，于绚烂的烟火中浅淡地唱……

青春易逝，韶华易老，流水带走光阴的故事，也带走那些多愁善感的记忆。在平淡的时光中品味并享受生活，这本身就是最美好和最幸福的事了。

对的时间遇上对的人

阳光正暖，天气极好。街道上熙熙攘攘的人流相互交错，或骑车，或开车。遇到有交集的熟人，点头打个招呼，说几句话，离去。不认识的，相互看一眼，各走各的道。生活似乎就该是这样，也只能是这样。

刚看完一部电视剧《我的体育老师》。因为喜欢张嘉译，所以他演的电视剧，我有空的时候都会选择看看。

在这个电视剧里，张嘉译演男主“马克”。他把一场中年大叔和少女之恋演绎得出神入化。那个名叫“王小米”的女孩说了一句话“对的时间遇上对的人”。尽管“君生我未生，我生君已老”，但终究是没有错过，在红尘的街头，相遇了，她珍惜这缘分，便决定将爱情进行到底。

马克说：“我没钱没权，就一中学的体育老师，你喜欢我什么？”

王小米说：“喜欢你身上的温暖和那种踏实的味道。”

是的，喜欢一个人，哪怕只有一个触碰点，而这个点正好能触动灵魂深处，让一种情怀无法控制，就能让人不可自拔地陷入进去。那便是喜欢，是爱了。尤其是温暖和踏实，这两个词看似简单，在生活中却是那么稀少。

我有一个亲戚，结婚二十年，散伙了。问她为什么，她说没有温暖，过日子太冷了。男人话少，不懂得心疼她，她辛苦二十年，竟然得不到一句赏识和赞誉，拥抱啥的更别想。男人说老夫老妻了，想啥呢，麻利洗洗脚睡吧。

她说那种感觉如鲠在喉，没有踏实感，活得没意思。她说她没有遇上对的人，还是分了算了，趁着还年轻，抓住青春的尾巴再过一把。

我想，这也是一种认可。认可了一个人，会觉得他哪里都好，是的，发脾气也可爱。不认可，说得天花乱坠也不行。

张爱玲说："遇见你我变得很低很低，一直低到尘埃里去，但我的心是欢喜的。并且在那里开出一朵花来。"每次读到这一句，都会心底一揪，却又会生出美好。在这个世上，能有一个人让你拨动心弦，唱一场风花雪月，爱到骨子里，疼到心尖上，那么低进尘埃又如何。

有一朋友，夫妻恩爱。每一个晨曦和黄昏，只要两个人都在家，就会看到女的挽着男的胳膊，在街头散步，身边还跟着一只可爱的毛毛狗。过日子，他们也经历着和别人家一样的烟火。但是，在烟火中，他们懂得尊重、理解、包容和谦让。这样的风景我看了十年，感受了十年，让我没来由地羡慕。

几十年的夫妻少了浪漫，少了风花，但是眼角溢出的是温存和踏实。那种踏实，很瓷实，很温暖。朋友说"他们是在对的时间遇到对的人，要一辈子牵手"。

张爱玲还说过："在对的时间遇到对的人，是一种缘分；在对的时间遇到错的人，是一种不幸；在错的时间遇到对的人，是一种无奈；在错的时间遇到错的人，是一种残忍。"四句话，除了第一句，其他的都那么闹心。可是，谁又能那么圆满地遇见对的人呢？

一首《钗头凤》，姻缘话千年。陆游和唐婉儿应该是在对的时间遇到对的人。他们琴瑟和鸣，恩爱有加，却被陆母给拆散。这样的剧情可谓悲惨。可见，遇见对的人，也要选对时代才行。一首词穿越历史的烟云，仅留下凄美的昙花般的爱情。

每个人都渴望在对的时间遇见对的人。然而生活就是生活，没有电视剧那么美好。不管曾经多么完美的爱情，走进婚姻都会被“柴米油盐酱醋茶”折磨得体无完肤，被孩子的尿布摧残得无话可说。总感觉是在对的时间遇到错的人，时时觉得无奈。

老家有一位本家嫂子，当年她的婚姻是父母包办的。我印象中打从结婚那天起，她就在叨叨，说这辈子遇见的是啥人啊，这日子咋过啊！可就在她不断的唠叨中，一个个孩子出生了。她忙完庄稼忙孩子，尽管心里怨言很多，但是她却那么用心地经营家庭，努力营造夫妻之间的和谐。如今，孙子好几个了，她把日子过得红红火火。

看到我了，她还会说：“唉，这辈子咋就遇见这么个人，老实得像猪一样。”

我说：“不浪漫你过半辈子，要是再腻歪一下，你还不得续缘下辈子了。”

她哈哈大笑。那种笑里，我没有感觉到不幸，也没有无奈，更没有残忍。

我想不管是什么样的际遇，能够走到一起就是修来的机缘，所谓“十年修得同船渡，百年修得共枕眠”。哪怕有暂时的错，只要及时修正、相互谦让，就会慢慢变成那个对的人。

我认为，幸福距离我们并不远。它就像一颗颗小小的珠子，只要我们一颗一颗把它收集起来，串联起来，就会装满一筐，串成一串。

生活中到处都有小小的喜悦。也许是一杯茶、一碗汤、一句问候、一个红包，也或许是一轮美丽的落日、一场久别的电影……许许多多，点点滴滴，都值得我们仔仔细细去品味，轻轻微微去咀嚼。

生命诚可贵，爱情价更高。亲爱的，停一下匆忙的脚步，仔细看看吧，你会发现幸福就围绕在身边，那个对的人就在转身之间。

第二辑　乡愁里腾飞日子的光泽

消逝的故乡

一

坐在故乡的土地上，风声呼啦呼啦地嘶叫着，丹江的浪涛一次一次地拍击，直直地冲击着我的心窝。我孤独地坐在岸边，听江水涛声，听夜的呼声，听心灵的挣扎声！

自从迁移到新居的那天起，就听不到丹江的吆喝声了，往日亲切的淅川方言日渐减少，越来越远。方言成了心底的痛，这种痛日日积压。每日每时每刻，都特别渴望嘴里蹦出的每一句话都带着土腥味，带着含糊不清的方言。可熟悉的，全陌生了。

日子成了生活，生活成了质量，质量成了时尚。一系列的变化，牵制着味觉，嘴巴被岁月改革了，风化得没有味道。我牵挂的、担心的应该还有很多、很多，丹江和故乡全部包含在其中。

故乡有条河，这条河的历史与中国文化一样源远流长。我查过中国地图，尽管看到的只是一个蓝莹莹的“点”，但如果把这个“点”放在广袤的土地上，便成了流淌的血液。我的故乡，那个小小的村子，就日日夜夜守护着这一条血液。

刚懂事的时候，只知道这条河叫“丹江”。年少时，不懂历史，长大后，才知道有个传说，说丹江是因尧的长子丹朱死后葬于此地而得名。老祖宗的传说是有依据的。生活在丹江岸边的人民，也不愿意质疑。能摊上历史的荣耀，说出去，是值得骄傲的。

方言的减少，决定于一个大工程——“南水北调”，而这个工程从五十年前就开始了。

我没有听到几十年前的车来车往声，更加无从找寻那些迁往他乡的清晰脚印，只能在泛黄的书卷中，搜寻到它模糊的轮廓。我读到的，不仅仅是丹江的疼、土地的疼、数万儿女的疼，还有那些流逝的方言和乡音。一切都被夹挤揉碎，揉过之后，带着血泪的丹江儿女便又启程。一脉血液总是要流淌，这些，是丹江的使命，也是丹江儿女的使命！

二

2011 年。村子忽然紧张起来，连那些平日悠闲的牛羊、鸡鸭等哑巴牲口，也骚动起来。裹着小脚的祖母，踮着脚尖，时时地探望，生怕丹江的水一下子流进老屋的墙体。望着一片碧水，我第一次领悟到“背井离乡”的真正含义。

老屋的家具，越发地陈旧。嘴，轻轻一吹，灰，四下地飞。

村子里来了货郎，没有旧时拨浪鼓的摇晃，来的是一辆辆卡车。他们挨家挨户地问，有旧家具吗？他们的声音很大，普通话标准，样子也精神，红光满面。印象中，货郎的卑微忽然变成了尘埃，不见了。

其实，旧家具就摆在门口，断了支撑的旧窗户，看着让人心烦。多少年了，它们窝屈在老屋的墙上，没有明亮亮的玻璃陪衬，黑乎乎的几根棍子竖着、撑着，罩着它们的是薄薄的一层塑料薄膜，以此来封存老屋的温度。

借助马灯闪烁，老屋便有了亮光，一闪一闪的灯芯，那种明，可以温暖整间的房子。窗子上的雕花，似乎也隐约可见，这样才算有些欣慰。

大椅子被搬到了屋外，再也不像从前那么规矩地摆在大桌子的两旁了。上面的浮灰已经积淀成泥垢了。祖母端来清水洗，也洗不干净。孩子们看一眼，便说“扔掉、扔掉”。祖母心疼，爱恋地抚摸，却经不起岁月的一下哆嗦。

我突然觉得带着铜锁洞的大立柜，很矮，矮得像侏儒。这种感觉一经入脑，便痛苦不堪。这可是祖母的陪嫁。黑漆虽然剥落，可风韵还在，譬如那种气度，那种温存，和祖母的爱一样，开开关关，为了儿孙。打开后，还有樟脑的味道。

大立柜的铜锁没有了，只有两个空洞。早已听说，那是“文革”时候“革命小将”的杰作。因为找不到更多的金银首饰，他们很勇敢地拔掉了铜锁和铜锁鼻，以此交公。可惜了大立柜，再也无法匹配到更合适的锁，带着两个圆圆的空洞，走进二十一世纪。

这些原本要扔掉的东西，竟然有人要花钱来买。村人觉得这些人真傻，拿着大票子买一堆旧货。村人捂着嘴偷笑，暗暗地揣度，旧家具能卖多少钱，是否够买一台新电脑，或者一台液晶电视也行。

旧家具不少，一件一件地摆在门口，他们就像即将服刑的囚犯，接受着最后的验身。

窗子三百一个，大椅子五百一只，大立柜一千，老床两千。其他的细小作物，一一作价。年轻人吐口唾沫，用手指抹抹，一张一张地数着票子，欢喜得很。祖母屈尊着身子，挨个摸摸家具，眼睛里都是不舍。

老屋旁边的磨盘，两扇，一大一小，合在一起。依稀的记忆里，能看到瘦弱的驴子，被蒙着眼睛，一圈圈地转动。母亲拿着刷子，不停地在刷着什么，还有一颗颗泡得发胀的黄豆，滚落在磨盘中间的孔里。然后流出白浆一样的东西。

年轻人开始感觉，老屋浑身是宝，不是吗？连磨盘、石磙这些玩意儿都值钱了，还有啥不能卖呢？除了一吹即散的空气，丹江真的孕育了宝贝啊！

三

故乡的村子老了，老得我听不到一句哼唱，环顾一村，大喇叭嗡嗡地唱着，却没有祖母唱过的那一首。

抱着孩子的年轻媳妇，袒肚露胸，白嫩嫩的皮肤在日照下，露出金灿灿的笑。衔着奶头的娃儿，咂巴着嘴，快乐地成长。一首首流行歌曲欢快地蹦着，顺着奶液，流进孩子的心里。

我的心里始终有一首歌，那是祖母的歌谣。她坐在小板凳上，两腿并得整齐，小脚竖起来，然后把我们放在她的脚脖子上，拉着小手。胳膊起伏地摇晃，一前一后地推拉，嘴里念念有词："板凳歪歪，娃娃是奶奶的小乖乖，乖乖长大了，莫把奶奶忘下了。"

我们这些个孩子，在祖母的脚脖子上，摇晃着，一天天地长大。祖母却在摇晃中越来越老，小脚明显没有力度了，胳膊也松弛得很。祖母干瘪的脸庞，多了更多的沟壑。

母亲接力棒似的，接过祖母的歌谣。她唱："筛筛，箩箩，舅舅来了吃啥饭，打鸡蛋，烙油旋，不吃不吃两大碗。"最后的节奏快起来，因为身体的节奏，我们随着母亲的节奏晃动，咯咯地大笑起来。因为笑，母亲便接着唱，一遍一遍，不厌其烦。

她接着唱："蚂蚁翘（即小喜鹊），一爬长（即尾巴长），接个媳妇忘了娘。”母亲唱过，便会挨个问兄长，“长大了，接了老婆（娶了媳妇）会忘了娘吗？”

兄长们咬着牙根，信誓旦旦地说：“不会。”

母亲又说：“要是老婆不让你们养娘咋办？”

兄长们便又狠狠地说：“揍她！”

母亲搂着他的儿子们，柔柔地说：“接来老婆是亲热的，不是打的。娃儿们要记得哟！”

村子里的歌谣，我们那个年代的娃娃几乎都听过，老人们年复一年地哼着。丹江的河水缓缓地配乐，一代又一代的丹江儿女，在土坯墙的老屋里，欢快地成长。

而今，故乡消逝了。没有一个人想起，把曾经听过的歌词带走。哪怕是记在一张破纸后面，谁也没有。

四

房屋少了，剩下的多是树。

近几年，村子里好像只有杨树了。榆树、槐树、楝树、懋构树，还有椿树等，这些童年的树，几乎绝种了一般，唯有杨树到处都是。为了生态平衡、绿化自然、保护水源，达到“一湖碧水送京津”，这些年推广“退耕还林”项目，村子里好多土地都不种庄稼了，而是栽上了杨树。

杨树的生命力强，耐旱耐涝，而且长得快。乡亲们顾全大局，响应政府号召，为了一份信念，为了一份执着，为了一份共同的爱之源泉，在杨树小拇指粗细的时候，就移栽到平整的土地里。往日盛长小麦的土壤，无私地培育了一片又一片杨树林。这林子，是乡亲们心中的森林，是爱的供养。

随着杨树的增多，故乡的春天，开花的树越来越少了。就像故乡的人，年轻人越来越少，老人和孩子越来越多。柳絮飘飘，杨花四散。看到这些的，只有佝偻的老人和拖着鼻涕的孩子。

记得某一部韩剧里边有一句台词：“女主角的心愿是做一棵树，因为树只能生长在一个地方，可以静止不动地守护着她的爱！”

可如今，静止不动的树，也准备和村子一起搬迁了。乡亲们挖的挖，锯的锯，没有长成材的小树连根拔起，准备移到他乡继续长，说是留个念想。碗口粗的杨树被锯成一截一截的，然后装进大汽车，被运到远方。乡亲们不知道，一截一截的杨树究竟能做什么用。但这些，已经不重要了，重要的是捏在手里的钞票。

离开了丹江的水，我和我的乡亲们都知道，想要汲取丹江的豪迈和粗犷，是一件不容易的事情了。一方水土养一方人。没有丹江水的滋润，我们的口音也会随之慢慢变化，就像候鸟，也会进化。

杨树一棵一棵地轰然倒下。祖母的心，被惊得哆哆嗦嗦，她终于按捺不住情绪，抱着脚脖子坐在老屋的旧址上，号啕大哭。

白云无语，青山无语，丹江无语，土坯墙潸然泪下，陪同祖母一起追忆从前的时光。

掏空的村子，掏空的土地，掏空的心脏，所有的一切都空了，唯有山风一如既往地吹着，带着那种肆无忌惮的嘲弄，嘲笑一切没有根基的物体。

我分明听到了故乡的嘶喊，那种消逝的呐喊。骨骼吱吱地响，血脉偾张地诉说一段历史，却被历史掩埋。故乡是厚重的，是蕴藏着文化的，是任何典籍都不能说清楚的。

这些，这些，丹江的水可以作证的！

乡　愁

我想，如果不是跨世纪的大工程——“南水北调”中线工程，我的故乡将永远默默地驻扎在丹江河畔，不管是贫穷还是富裕，不管是种地还是打鱼，都将会是一种局面，那便是百年千年的繁衍，每一个生命的降临，都会是我们全村的盛事。然而，故乡还是没有了，似乎是一瞬间，我还没来得及捧在手心，故乡便以一种我不愿看见的速度，消逝了。

移民到他乡已经整整三年了。故乡的宅基地上长满了庄稼，大片大片的黄豆挤进我心里，强行塞下粒粒欢乐。我想拒绝，却没有力气推开曾经养育的恩情。

经过几年的建设，“南水北调”中线工程通水在即。今年的国庆佳节，来自全国各地的游客聚集在陶岔渠首，站在大渠边上，纷纷合影留念。看着熟悉的引丹大渠，我说不出心里啥滋味，除了和别人相同的兴奋、激动，内心还有一种隐隐的痛，愁绪盈满心怀。绕过人群，一步一步，找个无人的角落，悄悄落泪。深秋的冷风拖着时光熬成的忧伤，敲打着渠首岸边泛黄的秋叶，堆积成残留的碎片，故乡的影子就这样出现在眼前。

我的故乡在豫西南的丹江河畔，那个坐落在河边的小村子。因为连年涨水，导致日子过得很穷。三十年前，每年需要国家救济，才能度过日日夜夜。那时候，我们吃着红薯面馍馍，背着背篓在丹江河边割草、放牛，日子格外温馨惬意。夜幕降临，牛铃叮当，趿拉着布鞋的我们扯着嗓门吆喝，在母亲的呼唤下依次回家，系好牛缰绳，洗好满身的泥巴，围坐在方桌前，和着月光，咀嚼着豆面擀成的面条，粗糙得硌牙，却是那么的充饥。

二十年前，我们骑着自行车或者坐在拖拉机上，在坑坑洼洼的土路上颠簸。去乡镇上赶集，吃一碗烩面，喝一瓶汽水，买一件城里人过时的新衣，日照当头，日子幸福也踏实。十年前，打工像潮流一样，时髦到村庄，于是，很多年轻人背起行囊，在父母的叮嘱中，走向远方。村口的槐树下，多了许多纳鞋底的婶娘，邮差成了父老的上宾。拖着鼻涕的娃娃在村里上蹿下跳，拄着拐杖的爷爷奶奶踉踉跄跄地追赶，一不小心，跌落进丹江河，再也没有了呼吸。故乡疼了，丹江哭了。

季节开始深情地守望，岁月开始无语地独白。一些人，一些事，早已遗落在时光里，寂然无声，故乡便是如此。父亲说，趁水位还没有淹没到奶奶坟前的时候，他回去烧了纸钱。我问，水如今涨到哪里了？他说已经快淹到我们家的老宅子了，也许过不了几天，水位就会涨到你奶奶的坟前了，以后再烧纸都没有地方了。父亲说完，坐在新家的门前，一支接一支地抽烟。

烟雾缭绕中，我看到了老宅子，一排四间的土坯房，那是五十年前建设丹江水库搬迁而建的房子，我和哥哥们便是在这几间房子里出生的。屋檐很矮，进出必须低着头，房子的墙壁是泥巴和着碾碎的麦秸拓的土坯。窗户是由几根细木棍组装成的。屋顶采光的是一块透明的玻璃瓦。椽子如胳膊粗细，哦，还有柱子，像一棵歪脖子树长在家里，被我和哥哥们抱得漆黑油光。为了省电，两间屋子合用一盏电灯，电灯挂在两间屋子的横梁上，常年不清洗，上边落满了一层灰，加上烟熏，油腻腻的一层污垢。

夜晚，电灯泛着黄色的光晕，我们兄妹在不识字的母亲的监督下写作业。一张四方桌不够我们兄妹趴，于是，椅子代替了桌子，哥哥们屁股坐在地上，身子趴在椅子上，椅子太小，只能胳膊肘使劲地弯曲。无数个夜晚，笔尖摩擦纸张，发出沙沙的声音。母亲纳着鞋底，扎一针就在头发上蹭蹭针尖，不用看鞋底，她也能准确无误地把针扎在鞋底上，位置不偏不斜正好是上一针和下一针紧密连接的地方。我曾经趁母亲做饭的空隙，偷偷地在她纳的鞋底上练针，可惜我天赋不够，把手指扎出血也没有学到母亲手艺的皮毛。为此，母亲总是骂我不认真学针线活，说长大了上婆家非挨打不可。父亲娇惯我，说以后有钱了，都是买东西，不学了不学了。哥哥们歪着脑袋，一脸坏笑地说："要是婆家的人打你了，哥哥们去帮你出气。"许多年，暖暖的爱意如同炊烟袅袅，在土坯屋子里流淌！

丹江的水，一浪接着一浪，枕着浪花，我们一个一个地长大。穷日子在大家的努力中改变着模样，上街赶集的泥土路刚刚换成村村通水泥路的时候，却传来了"南水北调"中线工程开工的消息。我们又要搬迁了，光荣地成为新时代的移民，大红花挂在胸口，殊荣压在心头，沉甸甸的不是滋味。

村庄外，祖坟旁，水井边，到处都是即将迁移的村民，香烟缭绕，鞭炮声声，拉开了丹江库区移民的迁徙之旅。伫立于村口，夏花绿叶在风中荡漾，轻快的节奏，像极了一首旋律，这天籁我找不到合适的答案比拟。金黄的麦穗在五月的热浪下，一股一股地翻腾，涌起麦浪滚滚的场面，轰隆隆的收割机把麦子颗粒归仓。苞谷、芝麻所有秋季的种子随着大卡车奔向远方，在另外一片土地上生根发芽。步履蹒跚的故乡人，以一种坚定的心态，配合国家的“南水北调”工程，我知道他们没有古人的“回望乡关烟渺处，一丝淡月细如裁”的忧伤、优雅意境，但我相信，故乡会在心中亘古永恒！

风，轻轻的；雨，细细的。我的眼睛开始迷离，嗅觉却越来越灵敏，泥土的芳香和着小麦的清香一起涌入鼻尖。故乡有块地，名字叫十八亩地，不晓得为啥起个这样的名字。平平整整的土地，被村人种上庄稼。松软的土地，似乎就是软绵绵的海面，小时候，整天和小伙伴在地里挖野菜、割草，一块又一块的土地被我们数来数去，哪块地里的野菜多，哪块地里的草多，闭着眼睛也能找到。

割草，镰刀常割破手指，血马上就流了出来。一圈伙伴围在一起，赶紧在地上抓把干土，在手心里揉啊揉，土被揉得像白面一样细。伙伴们很仔细地把土敷在割伤的地方，口中还念念有词：“坷垃面儿，你是药，窟眼（伤口）好了还你药。”

是的，窟眼好了，坷垃面儿又散落在故乡的土地上，连同童年的伙伴，那庄重的态度、虔诚的样子，至今想起，幸福仍溢满心怀。说起来很神奇，土坷垃面儿竟然有止血的功效。敷上坷垃面儿的手指马上就不出血了，几天之后，甚至连疤痕都没有。坷垃面儿陪着我们一起度过了童年、少年、青年，在我们日渐成熟的时候，故乡的土地却要淹没到水底了。

故乡的风，故乡的云，故乡的山，故乡的水，故乡的一切都是一本厚厚的书，我们翻着读着，现代化的挖掘机开进来了，村庄碎了。村子里有外乡人来来往往，他们用相机拍了一张又一张照片，他们用最先进的方式，保留着我们故乡的原貌，留下珍贵的资料，为后代子孙留下寻根的依据。

据父辈说，我们的祖辈就居住在十八亩地的前方水底下。那里遗留着完好的古城墙、古城门等古迹文化。古代太远，远得我无法细究，楚文化已经装帧成古老的线装残卷，我掂量着，却不忍翻阅，怕触动岁月的印痕。几千年的故事像滔滔丹江河水，一路北去，一路讲述。

要离开故乡了，全村整体迁移，两天时间，一千多人全部迁走。天上下着细雨，地上推土机、挖掘机在村里移动着推房子。泥巴格外深，走一步路带两脚泥。乡亲们抹掉脸上的雨和泪，冒着雨装家具。才收到家的粮食被淋湿了，面粉顺着雨水流。为了节省国家拨下的移民搬迁车辆运输费，村人都不愿意用国家分派的大卡车。各家各户把拖拉机开出来，拖拉机装得像小山一般高，看着随时都有翻车的可能。然而，我们还是勇敢地上路了。拖拉机冒着黑烟，在省道行驶。浩浩荡荡的拖拉机搬迁队伍，像丹江宽阔河面上的一叶叶轻舟。这样的场景像放电影一样，时时想起，时时心伤。

如今，“南水北调”中线工程马上就结束了，通水在即，国人的目光齐聚在淅川渠首，一拨一拨的游客来观光，万众瞩目的渠首，一瞬间名声在外，五十年的努力终于梦想成真。我望着故乡的方向，脸上带着笑，心里流着泪，如果我的故乡有灵智，我想她一定和我一样，怀着激动的心情祝贺这历史性的一刻。当丹江的水流到北京，我的故乡将永载史册！

故乡的歌是一支清远的笛
总在有月亮的晚上响起
故乡的面貌却是一种模糊的怅惘
仿佛雾里的挥手别离
离别后
乡愁是一棵没有年轮的树
永不老去

炊烟里住着一个家

炊烟的根在乡村，乡村的魂在炊烟，炊烟是乡村生活的特有标志，有炊烟的地方就一定会有一个或大或小的乡村，静静地卧在那里，我的故乡也是其中的一个，它曾经静静地卧在丹江岸边。

那时候，屋顶的烟囱冒出的是黑乎乎的烟。如果不是故乡已经被连根拔起，我定会回去拍一张烟囱的照片，让迁徙他乡的故乡人看一看光阴的变迁。

故乡，尽管是土坯房子，但是规划整齐。我认为，每一次搬迁，都是一种进化，至少是从无序到有序。

中国人建房子讲究风水，一般都坐北朝南。有趣的是，我们那里的人修锅台也讲究风水，基本都选在东间。所谓“民以食为天”，食在先，东为大，所以锅台都修在正房。

锅台，家家基本垒三个锅灶，一个大的放尺八锅，一个中型的放尺六锅。大锅在内，中型靠边，两个锅挨在一起，在尺八锅的后边位置，还有一个小锅，这个小锅的作用是热水，也算是一个摆设，在小锅的后边便是烟囱了。

早期的烟囱是土坯垒的，土坯块头大，烟囱呈四方形的，从下朝上垒，得在屋顶扒个洞、揭几块瓦。烟囱顶端的四方口，还要横着放一块，把一个四方口子一分为二。

小时候贪玩，和村里的伙伴满村乱窜，没有时间观念，辨别是不是快晌午了，就根据烟囱是否冒烟儿来判断。玩到一定时候，肚子快饿了，小伙伴们会提醒："哎呀，你家的烟囱冒烟了，你妈一会儿就要喊你吃饭了！"哪个孩子是不是该回家了，烟囱就是时钟，抬头瞅一瞅屋顶的那根烟囱，它会准确地告诉你。

玩得起兴的时候，大人们准会说："你瞅瞅，你瞅瞅，你家的烟囱在冒烟了，快麻利回家去吧，不然你妈找不着，要着急了！"烟囱就是妈喊孩子回家的信号，肯定百发百中。看到这个信号，便撒开脚丫子飞奔回家，气喘吁吁地站在热气腾腾的锅台边，等着妈盛一碗饭递到手里，然后蹲在屋檐下狼吞虎咽地吃起来。

谁家吃好的，烟囱也会透露，烟囱冒出滚滚黑烟，那烟雾一股脑地往上冲，飞上高空和云合拢，说明这家在蒸大馍，锅灶里一定是架了树杈，这是硬柴才有的效果。

谁家的烟囱一直冒烟，必定是来客了，不论咋说，也得炒上俩菜，哪怕是野菜也好。再穷，也不能怠慢了客人。

谁家的烟囱冒白烟，那是麦秸烧的，屋内肯定会很呛，因为烟都跑到了屋内，烟囱也就不拉烟了。如果是这种情况，那么就得搭梯子上房顶疏通烟囱了。

男人用一根绳子绑在一块青砖中间，然后把系着绳子的砖头丢进烟囱里，砖头瞬间便重重地砸了下去，再给提上来，如此反复几次后，喊家里人再烧一把柴试一试，这时的烟囱肯定会冒出黑烟，屋内保准不会呛了。

过日子就是读一本教科书，它教会乡亲们很多实用的常识。

我经常盯着家里的烟囱，如果看到烟囱一直在冒烟，就快跑回家，趴在门框上朝屋里瞄一眼。要是看到父亲正和不认识的客人说话，便顺着一边门框悄无声息地溜了进去，再一溜烟钻进厨房，自觉地坐在灶火边帮母亲烧火，母亲会从锅里正在翻个的油馍上掐下一小块递给我。油馍太香了，还有黄津津的壳儿，咬一口，满嘴葱香，至今也无法忘记那油馍的味道。

那一年，吃完最后一个馍，家里就没白面了，父亲便出去借。我和弟弟都饿了，就把母亲没有洗的蒸馍箅子拿了出来，那上边还粘着一点馍皮。弟弟用小手指甲给抠了下来，和我分着吃了，如今想来，满眼酸涩。

烟囱定时冒足烟，说明家里还有吃的，真到烟囱不冒烟儿了，那就是家里实在揭不开锅了。

因为粮食少，晚上的一餐饭很多家是不吃的，所以我们在寨坡上放牛的时候眼睛便不时地盯着村子，如果谁家的烟囱冒烟了，便欢呼雀跃起来；如果谁家的烟囱悄无声息，就知道吃不上饭了，便从河边的泉眼里捧起水咕噜咕噜喝上几大口，再从路边的地里扒出一个生红薯，用泉眼里的水匆匆地洗一下，就大口大口吃起来，也算是填饱了饥肠辘辘的肚子。

艰辛酸楚的生活，让我对那一缕缕炊烟产生了一种无比的渴望……

故乡的炊烟里有着浓浓的亲情，有着说不尽道不完的故事。

无论我走多远，故乡的炊烟，都是生命中最美的风景，都是心中最温暖的记忆。

船泊岸，疼了谁

我经常以骄傲的姿态，仰望的目光，注视丹江，注视丹江河面以及河面上的船。故乡的船，早期以木船居多，后来变成铁皮船了，再后来，进化成了现在的机船和游艇，时代发展得飞快，快得令我的思绪衔接不上了。

记忆中的船，以木船居多。村子里多数人家都有船，做船的材料极其简单，自家门前的树放倒几棵，印象中，两个人坐在地上拉着巨大的锯，刺刺拉拉，把树干锯成几节，用牛车拉到乡里的木材厂，电锯更厉害，抽一根烟的工夫都不到，滚圆的树干便被锯成一片一片的木条。

村里为数不多的几个木工，生意极好。他们拿着偌大的三角尺，提着墨斗，呼啦啦地搅几圈，把墨线放在平整的木板上，一头被一个人按着，然后大拇指和食指捏起墨线，用力提起，再用力放下，绷直的墨线发出“嘣”的一声，一条粗糙且带着墨花的墨线完美地定格在做船的木板材料上。

凿子，凿上眼儿；刨子，刨去多余的木屑，一块块木板在木匠的手中翻飞，一片片木屑在阳光中闪耀。三五天工夫，一条两头尖尖的简陋木船便出现在土坯墙院子外。船头的地方铺上几块木板，形成暗仓，船身，被分割成一格一格的，船尾更简单，就是一格一格的最后一格。木船，没有棚，露天的。两条长桨分别被两条粗大的尼龙绳绑在木船最后一格的格子处，那里有两个特制的木桩子，就是用来绑木桨的。

选一个风和日丽的晴天，找几个身强力壮的劳力，绳子绑几道，粗木棍找几根，几个人同时喊"一二三"，同时出力，木船在汉子们的吆喝声中，被放进了辽阔的丹江河。河面宽，越发衬托得船小，一叶小舟，这四个字用来比喻木船很恰当。

有了木船，便有了过日子的生活来源，丹江河里除了鱼，还是鱼，我和我的乡亲们一直把鱼当饭吃。

黄昏，红彤彤的太阳在西山落下，大片大片的红霞遗落在丹江河面，映照出金光道道，美丽的景色没人欣赏。木船在这样的景色中出河了，船尾一人负责摇桨，不紧不慢地摇，木桨撞击木桩，发出咚咚咚的声音。船头，站着一个人，左胳膊上搭着银白的渔网，右手有次序地捏起一个又一个鱼漂石，那是一种漂浮在河面上的塑料物件，渔网悄无声息地放进了河里，等着过往的鱼儿。

一夜无话，第二天五更的时候，收网的渔民再次下河，划桨的依旧，收网的用力拉起河中的网，白花花的鱼挂在渔网上，张着嘴巴扑腾。小鱼，被渔民轻轻地拉出来，随手再丢进河里，几个水花过后，河面便又平静。大鱼便遭殃了，被用力地拉出网后，随手丢进木船的格子里，任凭怎么扑腾，终究是无人搭理。

日出东方，紫气袭来。忙碌了一个早上的渔民，把一条条活蹦乱跳的大鱼装进篮子或者蛇皮袋，手提肩扛地回了村，蓬乱的头发上挂着一层水汽，相互嘻哈地打招呼，谁打的鱼多，谁打的鱼少，村子忽然就热闹起来。

小时候村里人打鱼，没有卖钱的意识。乡里乡亲分了、吃了，这似乎才是打鱼的目的。那时候，我们恨透了鱼。丹江淹没了许多土地，庄稼少得可怜，没有米面、只有鱼吃的日子让乡亲们怄气。曾经我们歇斯底里地吼叫丹江，干吗要涨水！干吗要天天吃鱼！如今想来，真是身在福中不知福。

记忆中的每一个秋天，黄豆刚刚饱满、玉米刚刚上浆、红薯拳头大小、花生白嫩嫩的，芝麻栓儿紧蹙地抱成一团，一切都朝着丰收的方向挺进，可是，丹江涨水了，它不合时宜地打断了所有庄稼的正常发育，犹如霸道的河神，把一切植物归拢到自己的怀抱，女人们呼天抢地，男人们垂头丧气，当白花花的水涨到村口的时候，我们知道，这一季又绝收了。

木船，不再用来打鱼了，它穿行在一块又一块庄稼地里，托运着乡亲们从水底摸出来的半熟庄稼。红薯虽然呕麻了，但可以喂猪。玉米秆子砍回来，至少可以喂牛。辣椒晒干，好歹能便宜出售，赚回几个换盐的活钱儿。花生、黄豆和芝麻回笼不了多点儿了。这一年，眼巴巴地等着乡政府打报告给国家，到来年青黄不接的时候，国家的救济款能应急而来。

日子简单而平静，年复一年地持续，丹江涨水，似乎成了惯例，时间久了，乡亲们学精了，靠近河边的土地宁愿荒废，也不愿下种子浪费了。鸡飞蛋打的事儿做多了，智商也提高了，这也算是吃一堑长一智吧。

丹江河面上的船，似乎也在悄然发生着变化。不知道从啥时候起，木船似乎被改进了，变成了铁船，而且有了篷子。更有人家拉家带口地住在了船上，常年游荡在丹江河面。他们打的鱼不再给乡亲们分了，而是拿到市场上卖了。长大后，我懂了，这叫市场经济。

对于木船，我一直有种特殊的感情。或许源于父亲的话吧，他说，我的命要不是那条脚蹬两架船，八成夭折了。

这件事，父亲讲了多次，以至于根深蒂固地长在我的脑子里。尽管我压根没有印象，但却不可否认地被父亲洗脑了。

那时候，我刚满两岁，夜里，突然高烧，烧得满脸通红，哭都哭不出声儿了。母亲着急忙慌地喊起父亲，让他赶紧找医生。村里仅有的一位赤脚医生住在大队部，位于我家村子的河北面。时至秋天，刚好汛期，村前村后白茫茫一片，河面足足有两里宽。如果绕路过去，起码要走十来里路，不绕路过河的话，就是这两里河面。

黑乎乎的夜，父亲跑步到河边，他想着也许谁家的船靠在这里。可惜运气不好，村里的船基本停在村前了。村后只有二爷爷家的一艘脚蹬两架船。所谓的脚蹬两架船比木船更简单，就是两个长约两米、宽几十厘米，被一根木棍连接在一起的迷你型小船。人站在上面只能两腿分开，两只脚各踩一条船，划船的是一只独轮桨。

父亲手忙脚乱地蹬上船，用一只桨摇摆。脚蹬两架船慢悠悠地在黑夜前行。天黑，父亲看不清楚河面，心里又着急，桨没摇好，脚蹬两架船还是翻了。所幸父亲水性好，用力把脚蹬两架船翻过来，凫水推着船到对岸，赤脚跑到医生家，帮着医生背起药箱就跑。回来的河面上，医生小心翼翼地站在脚蹬两架船上，父亲在水里游，再次推着船回到河对面。

打针，吃药，我退烧了。父亲说，那次可把他累坏了，两里宽的河面，他只游了十来分钟，那速度，可以参加今天的游泳比赛了，指不定能得个冠军啥的。

木船、铁船、机船、游艇，丹江河面上的船进行了一代、二代、三代的更新，而丹江却始终如一，它像母亲一样，用它波澜壮阔的胸怀，孕育着一代又一代丹江儿女。

我时常想，因为丹江才有了船，有了船便有了鱼。鱼是丹江滋养的，却喂养了我们，而我们又因为丹江失去了土地和家园。这烦琐的关系，让人头疼，却又是那么和谐。

我思我故乡，船，便成了一种寄托。

泉水叮咚响

我一直认为，水，是有生命的，就像故乡的泉。

对于泉，我有异常清晰的概念。那是一种渗入骨子里的情愫，甚至可以说是融入血脉了。此刻，看着外边昏暗的天空，那黯淡了春日暖意的黄尘，我特别渴望一场带着雷鸣的春雨，轰隆隆地落下来，或许只有这样，方能切断我日日不断的思念。

想念故乡，点滴皆念，大到一条江，小至一眼泉。是的，故乡有泉，数不胜数。水是万物之源，生命之源。我便是在生命之源的滋润下，从襁褓到孩童，度过童年、少年直至青年，最后离开故乡。

故乡的村子前后各有一条河。丹江不涨水的情况下，河不能称之为“河”，只能叫“小溪”。它像两条蜿蜒扭动的小蛇，扭摆着身子在村前村后招摇。平常，河道里是长满青草的，野芹菜、野菠菜一直是乡亲们饭碗里的美味。如果丹江涨水，那么消退了水的河道一定是脏污不堪的，腐朽的野草、污染的庄稼加上淹死的不会凫水的小动物，河道里会飘荡着一种呛鼻子的臭味，这种场面会持续很久。按照历年来丹江河涨水的规律，秋天是汛期，春天是消水期，夏天，才是丹江最美的时节。

夏天，也是村子里最热闹的时候。学校放假了，村里大大小小、男男女女的小伙伴们赶着羊，骑着牛，背着背篓，拿着镰刀，一齐拉地，像赶集般涌到河边。牛羊在河道里自由自在地啃草，小伙伴们在河道上面的庄稼地边儿猫着腰割草，人和动物各自干着自己该干的活计，相处和谐。

天热，水分蒸发得快，一个上午或者一个下午，吃不饱饭的小伙伴们经常跑到河里喝凉水，一是解渴，二是止饿。这个时候，泉，便是唯一的选择。如果这段河边正好有泉，那是最好不过的。如果没有，便需要在河边找一个浸着湿气的地方，或者有细小的水痕缓缓流出的地方，这样的地方必定是有泉的。吹一声口哨，不远处的小伙伴就会快步跑来。

于是乎，三两顽童，不限男女，伸胳膊骗腿，撅着屁股挖泉眼。几双小手如铁锹般锋利，嗖嗖地挖着松软的青泥巴，时间不会很久，一个冒着水花的泉眼就会出现在眼前，泉眼边挖上泥巴围成一个小坑，一根手指轻轻划下，一条“渠”便成了。挖泥巴的脏水顺着“渠”流出。静候几分钟，泥巴脏水流出之后，再用泥巴堵住“渠”口，清凉的泉水便静静地躺在挖好的小坑里。一双手并拢成碗状，轻轻地放进泉眼坑里，捧起一捧白亮亮的泉水，“咕咚咕咚”喝进肚子，长长地舒口气，一种浸入心扉的清凉和甘甜，滋心润肺，百肠纾解……

小伙伴们捂着喝得圆溜溜的肚子，看着彼此脸上已经干了的青泥巴，相互哈哈大笑，不经意间，捧起泉水，洒向伙伴，无数的水滴四散纷飞。哎呀，被洒到泉水的人惊叫一声，追赶着撒腿而跑的同伴，一追一赶，嘻嘻哈哈地远去，松软的草地上留下一行压倒的青草，模糊不清的脚印在河道里慢慢消散。

我，是撅着屁股挖泉眼的人，也是经常被泉水洒到的人，那些泉水的水滴有小、有大，但在飞散的过程中，我感受到的，是清凉，是童年的快乐。

在故乡的丹江河边，除了我们这些小家伙挖的小泉，村前村后各有一汪大泉，那是村里人吃水的泉。有意思的是，泉好像被安排过一样。我们队的人一般在村前的泉里担水，而另外一个队的人在村后的泉里担水。按说这样分开担水并没有什么不妥，萝卜白菜，各有所爱嘛，再说，泉，能有啥不同。

村后的泉不大，类似于簸箕，也不是很深，能看见泉底的沙砾。因为我家住在村子前边，所以在村前的泉里担水吃。对于村后的泉，便没有多深的印象了。

村前的泉很大，称之为潭。潭，椭圆形，大概有二十平方米，水，深绿深绿的，看不到底。泉眼在潭的左上方，汩汩有声地冒着泡，泉水哗哗地流，一直流进潭里。实际上，潭水就是泉水。站在泉水边，能照见自己的影子。

印象中，每一个早上，或者落日西下的时候，村里的男劳力担着水桶去泉里挑水，绿莹莹的水冒着绿莹莹的笑。乡亲们把扁担从肩膀上拿下来，不用往地上搁，直接把扁担和水桶摔进泉里，晃几下，一只桶便满了，用力拉过来，然后提起来放在岸上，接着是下一只桶。因河岸陡，只能容纳一个人，所以只能是这个人上岸了，那个人再下来如法炮制地打水。

村前的泉，年复一年地冒着水，即使大旱之年，村子前后的河水都旱干了，唯独这里依旧泉水汩汩、潭水深绿。就在我刚刚对“风水”了解皮毛的时候，二爷摇头晃脑地对我说：“村前的泉要比村后的泉好。”我问：“为啥？”他神神秘秘地说：“天机不可泄露。”

二爷所谓的“天机”，让我困惑了很多年。

村前的泉有名字，叫“七凤潭”。名字的来源很简单，一个名叫“七凤”的姑娘在这个潭里自杀了，故事很凄美。我曾经想象了很多年，到会卖弄文字的时候，甚至自以为是地写了一篇关于“七凤潭”的爱情小说。

我们村比较讲究辈分，比如那个跳泉淹死的“七凤”，她是村子东头八爷爷的小女儿，按辈分，我得管她叫七姑。当然，她跳泉的时候，我还没出生呢。

“七凤”是1970年跳的泉，那年，我们村刚刚后靠到现在的村子。

那年刚过完农历大年，村子里喜庆的鞭炮还没有落幕，村人却听到一声紧一声的喊叫，说村子东头的七凤不见了，她不同意爹妈给找的婆家，和爹妈吵架了。八爷和村里人一起，拿着手电筒四下寻找，方圆几里都找遍了，也不见人影。后来大家猜想，七凤估计是和相好的一起私奔了。私奔，这在乡下可是丢先人脸面的大事儿，八爷和八奶奶也想到这里了，对这个女儿是恨铁不成钢，咬牙切齿地骂了几声，就不再找了。

然而，第二天早上，第一个到泉边挑水的人却看到七凤漂在潭上，村人吓得扔下水桶一口气跑到村里。乡亲们以最快的速度，齐聚潭边。据说，当时八奶奶捶胸顿足，呼天抢地。八爷脸色铁青，嘴唇乌紫地说了四个字：“白养活了！”

后来，这供乡亲们担水吃的泉，就叫“七凤潭”了。也许是纪念为了爱情而抗争的七凤，也许只是给泉起个名字而已。

村前的这口泉，因为七凤而出名，但也因为七凤而变得煞气十足，我们这些小姑娘是被父母禁足的，不许去“七凤潭”边玩，害怕被七凤找替身。这种观念的灌输，久而久之地扎根在心里，以至于长大后，我对这口深不见底的泉，依旧怀着惧怕的心理。

尽管村前的泉中淹死了“七凤”，可丝毫不影响人们担水，吃饭终究是大事情。

村后的泉，在二爷的“天机不可泄露”中干涸了。原因也很简单，村里通了电，国家给打了一眼井，有了井，就没有人再去村后的泉里挑水，它竟然非常悲伤地干涸了，这本是十分奇怪的事情，可是却无人追究。

村前的泉却依旧充满活力。几十年来，潭还是那么深，水还是那么绿，丝毫没有干涸的迹象，一直到我们再次搬迁、彻彻底底地离开故乡的时候，它依旧泛着水花，冒着气泡，哗啦啦地流……

现在想来，终是明白，村前的泉，是生命滋润了的……

丹江涨水了

丹江涨水了，大家都在说。

我有点愣怔，好好的，丹江咋就涨水了呢？

他们说："真涨了，都涨到老家的老宅子下边了，水已经进了你们家的坑塘，不信，你回去瞅瞅！"我蒙了，急切地问："这一次涨水很大？超过以往了？"他们点头说："是啊！"

他们是在老家撒网捕鱼的乡亲，所以他们说的每句话我都是相信的。我就是感觉丹江无缘无故咋就涨水了呢？这都多少年没涨水了，再说，"南水北调"工程也正式调水好几年了，没有涨水的迹象呀！

一个阴雨霏霏的午后，我撑着雨伞走下车，天空灰蒙蒙的，原野一片萧条，没有夏天那么闷热了，有点凉，成熟的庄稼和泥土的味道混合在一起，沉甸甸的苞谷棒子，早就熟透了。

路还是那条很早修的"村村通"，路太窄，两边地坎上的泥巴把水泥路面给平铺了一层，每走一步，就粘一脚黄泥。我踩着黄泥巴朝村庄旧址艰难地走着。抬眼望去，凸凹不平的村庄旧址四周河水白茫茫一片，雾气和水汽连接，真正的水天一色，渔船东一条西一条地散落在河面上。

我的眼睛忽然湿润了，比水汽来得猛烈。故乡的土地几乎全部被淹没了，没有剩下几亩地。如果，我说的是如果，故乡没有拆迁，那么这一年该怎么生活，还是一如既往地靠国家救济吗？当然，这样的假设没有任何意义，因为故乡在几年前就迁移他乡了。

小渔船停泊在路边，我熟练地跳上了渔船，摸摸船桨，有暖流涌进心扉。我试图滑动船桨，却悲催地发现，多年赋闲，已经没有了划船的力气了。

坐在船尾，身子随着渔船左右摇晃，瞅着船下的河水，一阵的恍惚。我记得很清楚，这只渔船停泊的地方是一个池塘，因为这个池塘在很多年前淹死过一个和我同龄的男孩，所以池塘也是村里孩子们的禁地。

大人们经常在耳边吓唬我们千万不要去北坑玩，那里有淹死的鬼魂，去了会把人的魂勾走。魂被勾走，这样的唬人很恐怖。在我们的潜意识里，是有鬼魂存在的，所以北坑自那时候便荒废了。大人们也不去，洗衣、淘麦都去村前的池塘。

我想去我家的老屋旧址近距离地感受一下故乡的氛围，也想看看我家的池塘是不是真的进水了。可是，愿望落空了，村子后方的凹陷路段被水淹了，想回村需要脱鞋。

早些年村子一共有三个池塘，去掉淹死人的那个北坑，就剩下村前我家门口的两个池塘了，其中一个很大，那是生产队的大坑塘，说是大集体的时候全村人共同挖的，人力挖掘很是费了些功夫。这个大坑塘呈四方形，占四亩地左右，不知道最初挖这个坑塘的目的是什么。从我记事起，这个坑塘好像就是无主之物，说是队上的，没人管理，说是个人的，也没人承包。曾经有人承包过，但是养的鱼却在黑灯瞎火的夜里被人撒网偷了。这样的事情发生得多了，就没人干赔钱的买卖了。

另外一个坑塘紧挨着生产队的大坑塘，这个坑塘是我家私有的，是我父亲用好地和别人换的差地挖的。地在我家门前二十米远的坎下，低洼薄地，不长庄稼，父亲换来以后用我家买的那个二手东方红推土机推出了全村第一个机器挖的鱼塘。

那应该是三十多年前的事儿了。挖鱼塘的时候，全村人像看风景一样站在我家门口，瞅着推土机吭哧吭哧地硬生生把地挖出了一个坑，一铲地一铲把土推到了边沿，似乎那么一瞬间就有了一个坑塘的形状。推土机移动时，轮子发出的“咔啦、咔啦”声儿，让乡亲们倍感神奇。我们这些孩子拖着鼻涕惊叫连连，推土机的声音听起来那么悦耳，至今想起，犹在耳边。

坑塘挖得不深，接连几场大雨，坑底接了一层雨水，父亲又把村里的沟沟壑壑都改道了，顺流而下的雨水直接进了我家的坑塘，再把旁边的公家的大坑塘挖出一道缺口，哗啦啦的水打着滚儿翻进了我家的池塘里。

春暖花开，父亲买了鱼苗丢进了坑塘里。

后来，只要家里来客，父亲都会扛着渔网，站在我家坑塘边缘，捋顺渔网，呼啦一声撒进塘里，然后再用力慢慢扯起，渔网里鱼儿活蹦乱跳。回家后父亲笑眯眯地下厨，炖出白嫩嫩的鲜鱼汤。

那些年，凡是来我家的客人都吃过塘里的鱼，它们是父亲养的，也是父亲撒网捕的，更是父亲收拾干净亲自做的……

有一年，丹江涨水了，很大很大，大得水都涨到鱼塘里了，村人撑着船沿着最低的一个缺口把船划进了池塘，我家鱼塘的鱼全部逆流而上，连跑带窜，溜进了丹江，无影无踪了。

那次，村里所有的庄稼被淹，我们懂了啥叫“饥荒”。那次，男劳力严阵以待，准备带领家眷逃难；那次，村里的老人哭天抹泪，以死明志，死也不搬家。万幸，那次的水就涨到池塘里，没有过堤，给我们留下了一个家……

如今，池塘再次被丹江水淹了，而且漫过了堤岸，按照以往套路分析，我家房屋旧址已经进水了，而我的父亲去年突发脑溢血走了，二者结合到一起，我没有了下文。

我弯腰脱了鞋，缓慢而沉重，还是想进村去看看。

村庄凌乱，干枯的杂草齐小腿深。地面车辙一道又一道，不远处一个捕鱼的乡亲卖力地推着摩托，黄土焦黏，他很吃力，我试图走进地里帮他推一把，他却摇着手，那意思我懂，他能行。我退缩，瓦砾扎脚，我也是真怕疼。

步履蹒跚，沿着村子后边的水泥路面小步挪动着。这个地方承载了我太多的记忆，为生活、为感情挣扎那么久，却争不过宿命的安排。

丹江涨水了，这一次是史无前例的大水。新闻播报，入秋以来丹江口水库水位不断刷新历史纪录，前几天丹江口水库水位已经达到 162.13 米，而我们村的最高承受能力是 164 米。这两个数字对比一下就能清晰了然，我的故乡很快将被彻底淹没了。

丹江河边，海鸟扑棱，水鸭子打转。雨水打湿了我的头发，顺着脸颊落下，泪水不争气地堵塞了视线……

这一生浑浑噩噩的，就像此刻脚上的泥巴，裹满了伤情，在红尘中挣扎着，少有停泊和静心。此刻，面对滔天的丹江大水，天上落雨，地上涨水，泪水伴着雨水模糊了我的双眼……

也许若干年后，偶尔有热爱故乡的孩子会翻开我的残页，打探出曾经的只言片语，关于丹江，关于村庄，关于那些随风飘散的往事……

蹚过故乡的脊梁

我回故乡的时候，水位已经涨高了许多，村子前的那块“十八亩”地已经被水淹没了，那是村子里最肥沃的一块地。

能让我记起它的名字叫“十八亩”，是因为那块地头栽的几棵歪脖子杨树没被乡亲们砍掉，它们像标志一样，让归乡的老少在瞬间分清故乡的旮旮旯旯。

我从车里搀扶出跌跌撞撞的祖母，她挤在儿孙的最前面。看着伸手再也摸不到的土坯墙，心便开始加速冷却，我攥着她粗糙的、松弛的大手，明显感到她的身子在抖，长满老年斑的脸抽搐不已，号叫的次数多了，她的精力也逐渐开始减弱。

我扫一眼，就能把过去我认为很大的村子看个遍。我不知道是因为没有房子的缘故，还是心理问题，忽然觉得村庄小了很多。松开祖母的手，我开始从村子东头挨各家地基走过，根据地上的残砖判断是谁家的宅子，想以这样的方式，最后一次丈量村庄的长度。

村子最前边有户姓李的人家，在十几年前打了一眼很深的机井，修了一座只有几米、但村人认为很高的水塔。

从此以后，每天傍晚，水泵开始唱歌，井底的水花便像银蛇一样从水管子里冒出来，在半空中打个旋，然后落到专门盛水的池子里，再通过一根根细小的分散得像蜘蛛网的水管，流向各家各户。这就是村里的自来水，没有漂白，也没有经过工业加工。可它依旧纯净，像丹江水一样，舀一瓢即可饮用。

据说，因“南水北调”搬迁的时候，推土机要去推它，水塔的主人眼泪长流，挡在推土机前边说：“砖我不要了，把塔留下吧，是个念想。”最终，它坚强地伫立在村子的最前边，和那几棵歪脖儿杨树相望。我走近水塔，抚摸着它的墙体，红色的砖，经过多年的风吹雨打，已经苍老了许多，风吹起，开始落下砖屑，一层一层的，越落越多，一阵风吹来，竟迷了我的眼睛……

村子中间还有一间低矮的土坯房子没有扒，很稀罕地给村人留下一个避雨的窝窝。它已经不再矗立了，四面墙八根柱子顶着，它想晃一下，直直腰杆，也没有权利了，只能任人宰割地用根棍子顶着才不至于倒下。瓦片上长满瓦松，灰灰的颜色，辨不出哪是新芽、哪是旧痕。它们孤零零地看着清凌凌的丹江水，默默地诉说着一个村子的历史，讲述着这家人的过去……

屋里有炊烟升起，一对年迈的夫妻佝偻着身子，费力地把晒在外面的玉米搬回小屋。我说：“叔、婶，你们怎么还不去新家住？”他们看我一眼，饱经风霜的眼睛里出现了亮光，然后说：“收完玉米，就回新家。”我想再说点什么，却张不开嘴，日子，不就是一天又过一天吗？

我家的那棵柿子树还长在菜园子的边上。好多年前，母亲说栽棵果树，结了果子给孩子们吃。可是这棵柿子树并没有按照我们预期的那样，长得粗粗壮壮，结得硕果累累。每一年春天，它象征性地开满了花，也挂满了果，可是没多久便一个一个地发黄，然后脱落，到秋天的时候，柿子树上空空如也。第二年它依旧催枝迎春，到最后重复着同一种结果。

曾经，我们兄妹气得想拿斧头劈了它，可几次都没有下得了手。记得在一本书上读过一句话：“植物也会说话的，只是人类听不懂。”我们放下了那高举的斧子，让绿色的生命陪伴孩子们的春夏秋冬。

这次回乡，我抱着柿子树，眼睛酸涩，我摇啊摇，想摇出一树的果香，却摇落一树的思念……

阿三家在村子后边，以前我想去找他玩，要穿过好几户人家。现在一目了然了，可惜已经人去屋空。我只看到那棵老枣树艰难地杵着，等我回来。阿三喜欢我，我也喜欢他，可是月老没有给我们牵红线，以至于我们错过终身，忽然想起，也是泪涔涔……

也许老枣树知道那个暗藏的小秘密，只是它耳朵聋了，眼睛花了，它想告诉我和阿三，幸福是要努力争取的，不能让它擦肩而过。可是它急死了，也没说出一句话。是的，枣树死了，长了叶子不开花，在爱情猝死的时候，它连同着一起去了，去祭奠一份刚刚萌生、瞬间夭折的爱情。

阿三走了，好多年没有见过他，搬迁的时候，他也没有回来，也许这个地方，也许是我，真的伤透了他的心。

一只小花猫和一只大灰狗，蹲在枣树下的磨盘上，相对无语。我抱起小花猫，它却狠狠地抓我的手、我的衣服；它费力挣开我的怀抱，跳进了大灰狗的怀里。小花猫的眼睛开始湿润，大灰狗用爪子在它的毛上蹭蹭，然后木然地把小花猫的眼睛揩揩。墙角的那个老鼠洞已经被废墟堵死，我黯然地盯了一会儿，没有一只老鼠出来，连一只老鼠娃儿也没有。

我失落地继续往前走，每走一步，腿都有千斤般沉重。破碎的村庄和碎了心的人，就这样成了回忆……

我蹲在丹江岸边，捧起一捧清水洗脸，水里有阿三的影子，我的眼睛亮了，却听见“扑通”一声，回头一看，大灰狗和小花猫合力拱起枣树下的磨盘，砸进丹江……水花四溅，湿了我的衣服，湿了我的心。

我呆呆地看着它们，它们再次狠狠地看我一眼，向村子东头走去，一直走到村子东头的那片坟地。我的心生生地被撕烂，这片坟地，埋葬着村子几十年里过世的老老少少。

以往，大小节日都能听到鞭炮噼啪，看到纸片缭绕。如今，人去村消失，先人的魂灵在村子上空哭泣，揉痛了一对哑巴牲口的心窝，它们坚定又义无反顾地守在墓前。我的步子踉踉跄跄，踩在故乡的脊梁上，对着丹江鞠躬，然后弯曲双腿，“扑通”跪拜在地。看着凌乱的废墟，虽惜不悔，心中却坚定无比，起来后走向远方……

寒冬腊月一支歌

雪映旧时光

那时候，雪是冬天的代表，进入寒冬腊月，刮上一阵北风，雪花便如精灵般飘落下来。那场景没有经过酝酿和彩排，突如其来的雪花往往会令我们惊喜得大呼小叫。土地似乎也爱这些美丽的雪花，只需一点点，便可化为一层洁白。

尤其到了夜晚，村庄寂静无声，能听到雪花落地的声音，门口的槐树偶尔会嘎吱一下，北风透过纸糊的窗户，嗖嗖地钻进屋子。掖紧被子，脖子往被窝缩缩，下雪的夜晚很冷，却也带着期盼。

待到天亮，推开门，便是耀眼的白，大地完成一次最庄重的打扮，树上积了二三指厚的雪，窄溜溜一条，蓬松松一层，那是一种人为无法塑造的美丽。迄今为止，依然保存在记忆中的一种美好。抱着树轻轻摇动，积雪哗啦啦掉下来，掉进脖子里，那种凉，浸染冬天的冷。

晨起打鸣的公鸡在院子厚厚的积雪上留下一个个零碎图案，那种零碎，拨动内心的柔软，像一幅画面直入心灵。鸭子的脚印是蒲扇形的，由于体重的关系，在蒲扇后边总有一片凌乱。在朝阳的背景下，它们的脚印盛开成一朵朵神奇的花。我经常看这些印记，想象着动物那种无法言语的灵魂，在那么冷的日子里，迎着晨曦描绘如此精美的图案。多年后，在没有大雪的十冬腊月，每每想起那些图案，心里会立刻簇生一团温暖。

在遥远的故乡，在遥远的童年，雪花绽放在我的眼睛里，时刻湿润我的内心。

那时的早上，总有一对很大的脚印，踩着厚厚的积雪，走向空旷的大地，那里是大片绿色的麦苗。我们的小脚踩在大脚印里，一个接连一个，一群小伙伴沿着同一个脚印，一直走。那脚印在我们心里，很大，大得超乎我们想象。于是，一对脚印承载一群小脚印，走向希望的田野。

麦苗被厚厚的积雪覆盖，偶有地势背的地方，积雪稍薄，露出绿绿的麦芽。那种绿在朝霞下，攒出一团光，那种生命之光，植在寒冷里，也植在我的眼睛里，每一个细节都清晰无比。

蹲在地头的乡亲们，各自发表着意见，对地块指手画脚。不时听到哈哈大笑的声音，我能感觉到那种笑，是发自内心的喜悦。

白雪上的绿色，千千万万，能看到每一个绿色的晶莹；它们组成一片纯色花园，每片叶子都生动无比。阡陌纵横，在我们的眼里铺成一个童话故事，更像是一幅泼墨水彩，许多抽象的细节无法描述，那种绿，使我们对人生诞出无限的希望。

我们会用树枝在积雪上写字，尽管那字写得歪歪扭扭，却不影响兴趣。更有热情高涨的，背对着大地，直挺挺地倒下去，头枕白雪，面朝天空，把童心放逐在田野里，那一片生养我们的大地。

待大家七手八脚拉起伙伴，雪地上便印下一个大大的“大”字。那个雪印，在日照下慢慢融化，可是那种朦胧的希望情结，却加重在岁月里，疼了季节。就像现在的我，经常用回忆填补心绪，然后融合岁月的苍凉，去触摸那些曾经心动的风景。

又一次进入冬季了，我生生地渴望一场积雪，就像期待一场美梦，让那种看得见的美好，陪伴一段历程……

冰泽一世情

我觉得冰是雪的灵魂。没有冰，雪就是一团白，但是有了冰，雪的生命便得以延续，在一个漫长的冬天，都有了记忆。

那时候的雪，往往要下几天，直到满天满地都是白茫茫一片，才开始逐渐化解。太阳笼罩四野，积雪以眼睛能看见的速度融化。屋顶的雪最直观，屋檐下的滴水从“一滴一滴”到“哗啦哗啦”。

白雪映衬的大地忽然热闹。一切生命出现在光泽之下。泥土是不和谐的节奏，再一次把洁白玷污，鸡鸭用心描绘的图案消失于无形。

当我们从梦里走出，睁开眼睛，便能看到投射在窗台的影子。无法想象，一夜间，茅草屋檐下竟能积攒出那么粗壮的冰条，宛如孩童的小臂，根根倒立，像是要插入大地，可是就差那么一点点，它们倒立在离地面几寸的距离，由粗到细。

抚摸它们，像是抚摸心灵的圣物。那种晶莹剔透，亦如会说话的精灵，闪亮了眼睛。摸一下，再摸一下，我曾千万遍地感叹大自然造物主的神奇。黑黑的茅草屋结出剔透的冰条，那个夜晚该流淌多少滴雪水，又是怎样巧绘出如此精美的冰灵？

我很舍不得把它们从屋檐下摘下来，可是受不了那种诱惑。在观望许久之后，两只手像刽子手的刀，狠狠地抱起冰条粗粗的部位，使劲拽，连茅草一同拔起。那差不多和我一般高的冰条，就这么冰冻着小手，然后嘎嘣、嘎嘣，咬一口，吸溜着毫无味道的冰条，日子竟然全变成了白色。

冰冻的大地，不再柔软。一脚踩上去，硬邦邦的如同顽石，还带着溜冰的滑，稍不留神，便会摔得四脚朝天，引来一阵笑声。我们发明了一种高跷，用两根树棍，在每一根的一头绑上一个小木棍，然后把两只木棍夹在腋下，一边一个。两只脚踩在小木棍上，用这样的方式在结冰的早上走路，不会摔跤。一拉溜伙伴就这么踩着高跷一步一抬，把一个冰天冻地打扮得极其喜庆。

乡村的人，喜欢把日子过得温暖，就像那池塘里的冰，明明那么冻人，却被大婶大妈们说成是温的。她们在冰冻的早上，用棒槌砸厚实的冰，砸出一个窟窿，然后把一篮子红薯放进冰窟窿，待红薯上的泥巴松动了，便用刷子用力刷，直到把红薯刷干净能拿回家做饭。后来，我替母亲去砸冰窟窿，那种冰冻的感觉，至今心有余悸。

池塘的冰那么厚，能承载我们的身子。笨拙地在冰上转动，炫舞出一个个明亮的童年。少年不识愁滋味，便是那种情形吧。

冰冻过的土地，很蓬松，麦地里一片柔软，清晰得竟然可以看清楚颗粒，偶尔捧起一把土，高高撒起，那种纷飞，散落在脸上，全是清香。

多年后，回望遥远，我知道那些冰条，是栽植在心尖的希望。那种美好和晶莹，是心头的满足，走过冬季，留下悠长的回味和回忆。

雾化青春记

白茫茫的雾，像一团没有撕开的云，纠缠在一起，在冬日的早上，跟约会似的欢喜而来。

雾很大，带着迷蒙的水汽，包裹一些散不开的故事，流淌于故乡的旮旮旯旯。远处树林之间的雾，时而聚合，构成一片白色的雾海；时而散开，像一朵朵开在空中的雾花，在清晨的田野里奔腾而过，袅袅升入天空，像是香炉里飘出来的烟霭。

风吹拂，雾推着雾，一忽移动，一忽停滞，一忽凝聚，一忽散开。丹江是最早在这雾霭中露出笑脸的。丹江河面大，雾气散发得也快，那些雾像是安排好的一样，一层一层有秩序地散开，来时无形，退时无形。打鱼的乡亲，待雾气退出的第一时间，捞起渔网里活蹦乱跳的鱼，脸上挂满喜悦。

村庄的雾散得最慢。锅灶烧火温暖了大地，挨着地面的雾最先散去。房屋属于中间一层，雾如薄纱一般缠绕在土坯房屋，缥缥缈缈。日渐升高，裹缠村庄的那层雾霭亦轻飘飘散去，独独留下树梢。这个时候远远望去，就成了一道风景。村庄清晰无比，比房屋高的树之间，却缭绕着一团一团白色的雾，这情景，现在不经意想起，依旧温暖无比。

这样的早晨，经常听到一声比一声嘹亮的咳嗽声，明明不是感冒，却要发出比感冒还大声的咳嗽。用这样的方法掩饰拾粪人碰头的尴尬无疑更加优雅。雾霭里的拾粪人，是晨曦中乡村的一道风景线，也是乡村人勤劳美德的体现。他们点着了乡村的那盏灯，照亮很多很多年轻人朝前走，不管雾大雾小。

村庄到学校的路很长，长得一个人不敢走。那些年，村里的伙伴们好得不分彼此，不管男孩还是女孩，在每一个清晨，谁第一个睁开眼睛，便迎着大雾，摸索着记忆中的村中小路，一家一家喊，喊起一个，两个结伴再去喊第三个，直到一个村庄的同龄人全部起床。然后，你拉着我，我拉着你，像结伴而飞的大雁，一起走了好多年。

后来又像燕子东南飞，大家为了生活，踏着露水，迎着雾霭，离开故乡。多年后，想起他们，我的心不由得一疼。那份藏在心底的爱与哀愁，都在雾气中迷失了。

季节一再升温，雾化的青春，再也找不回来。所有的情思在丹江涨水的那一刻，如昙花一现后逐渐淹没。雾，越来越少；雾，越来越薄。作为雪和冰的最后支撑，在雪和冰退出舞台之后，雾把一层水汽带入高空，完成一次升降的历程。它俯瞰这片辽阔的土地，把一份深沉和厚重留给勤劳的庄稼人。薄雾散后，日子崭新崭新的，透着乐。

树挪死，人挪活

六叔咧着嘴巴哈哈大笑，笑过之后说："霞娃，搬迁好哇，这日子过得我心里舒畅，你看看，你俩弟弟都结婚了，哎呀，搬迁好哇，真是好哇！"

看着六叔因欢喜而笑得走形的脸，我心里涌出一股暖流，楼上楼下参观堂弟的婚房，眼睛莫名濡湿。想起来在丹江河畔的日子，那时候虽然我们土地很多，但是庄稼年年遭水淹，播下种子的土地能收成一半便是极好的年成了。

六叔家有两个儿子，两间瓦房还是他结婚的时候二爷二奶给建的。住房紧张是小事，最让人揪心的是大堂弟在广东打工时忽然口鼻流血，紧急抢救了半夜，被医生告知凶多吉少……

最终，大堂弟捡回来一条命，六叔却倾家荡产了。十几万的医疗费把积攒了一辈子的家底掏空了，还欠了外债。六叔眉头紧皱，他一边在郑州打工，一边给堂弟治病。刚好那阵要搬迁，六叔心里火气极大，在丹江岸边这么多土地，日子都过得紧紧巴巴，据说搬迁后每个人只能分得一亩四分地，日子可咋过。六叔就不愿意搬迁，他闹过一阵，可还是拗不过政策。

搬迁之后的六叔，在附近建筑队干零工，同时承包了村里的一些土地，经过最初一两年的不适应，情况逐渐变好了。最近两三年，六叔的光景如朝天的辣椒，过得红红火火。

大堂弟的病彻底好了，并且在媒人的撮合下娶了一位朴实的姑娘。六叔在农闲时节学做生意，帮别人安装广告牌子，这两年做得好，赚了不少，前年买了一辆车，去年又给小堂弟盖了一栋二层小楼。小堂弟谈了女朋友，六叔在这个春节为他隆重地办了婚礼。

吃着六叔办的流水席，喝着堂弟成亲的喜酒，听着六叔欢快的笑声，我心里就像喝了蜜似的。感谢国家的妥善安排，给予新时代移民的极大补助，不仅建了楼房，修了公路，还尽最大努力让村民就近工作，解决剩余劳力，土地得到了合理运用，大家的日子就像芝麻开花，一节一节升高。

堂嫂说："早知道搬迁这么好，咋不早点搬迁呢！"我蹲在堂嫂身边，看她麻利地薅芹菜，蔬菜大棚里的芹菜长势旺盛，差不多到膝盖那么高，滴翠的颜色，绿了我的眼睛。

堂嫂一边薅芹菜一边说她现在会做生意了，每天有活钱收入。她骑着三轮车载着芹菜赶集，芹菜是自己家种的，新鲜得很。路好，街近，赶集就像夏天喝凉水，爽着呢。说着说着，又说到老家。老家泥土路，下场雨后，出来进去一脚黄泥巴，赶集要走十里地，即便坐在拖拉机上，也是颠得浑身疼。看看现在，穿高跟皮鞋都习惯了。

堂嫂说完后开怀大笑。我盯着堂嫂紫糖的脸色，尽管皮肤不是很好，但是因为有了喜悦滋润，竟然非常好看。

树挪死，人挪活。几年前那场大规模的搬迁，适应后却是这般美好，我由衷地为父老乡亲高兴，看着堂嫂挤着眼睛笑，欢喜得让我眼馋。

离开芹菜地的时候，堂嫂非要抱一捆给我，说国家对移民好，免费给搭大棚，种菜有技术指导，日子过得很舒服，再干一两年，多挣点钱，也学学城里人，出去旅旅游。

离开大棚老远了，还听到堂嫂喊："大棚下茬种甜瓜，你一定要回来吃啊！"我挥着手，远远地回应着。

那天村组干部到家里，拿出三百块钱给母亲，我不懂，问："这是做什么？"队长是本家侄儿，他露出朴素的笑，说："这是队里的一点心意，奶奶年纪大了，买点补品，快快乐乐过个大年！"

我的心再次悸动，钱虽不多，却温暖得很。送他离去时，正好发现一行五六人在村支书的带领下，去旁边的孤寡老人三奶奶家里，大米、白面、食用油、抚慰金，甚至连对联都买得妥妥当当。老人寂寥的屋子里，因有这些物品，犹如生了炭，立刻火热起来。

三奶奶拄着拐杖送一行人到门口，直到他们的身影消失在巷道里，她才抹着眼睛进屋。

在家过年的几天，每天都有好消息飘进耳朵。眼睛看到的地方，尽是喜庆、热闹、欢喜，尽管乡愁会在年后务工人员离开时滋生，但是，人生不就是这样吗？有离开，就会有回来，来来去去的人生，去去回回的征途。

走在田野里，油菜蹿出老高，花骨朵顶在茎上随风摇曳。只需几天，菜花就要开了。不用多想，那灿烂的金色一定会亮闪爱花人的眼睛。我在故乡的土地上一寸寸丈量，把一份份欢喜拢进怀抱，在满眼的绿色中，生出明天的灿烂。

鸟儿栖息的地方

带三爷回故乡的时候，夕阳斜照，映在丹江河面，波光粼粼，几个打鱼的乡亲在河面上撒网，那片象征村庄的一圈小树苗立在河中间，叔叔伯伯们指着小树苗对三爷说："那就是咱们的家，全淹了……"

那一瞬间，我看到三爷用手擦着深陷的眼睛，他不时地用手指指这里再指指那里，叔叔伯伯们根据他的手势，给他解释着水下故乡的旮旮旯旯……

这时，一群海鸥盘旋在空中，打着旋来回扑棱着，它们像是欢迎三爷，也像是在怀恋那些流逝的岁月。水鸭子有几只，在河滩边嘎嘎地叫着。我快跑几步，走在了前面，站在了那条被淹了一半的通向村庄的水泥路上，背对着那片在水中央的树苗自拍，我想以水为焦点，以树苗为背景，留住故乡的尾巴。

三爷指着在头顶翻飞的海鸥问道："这是什么鸟？"接着又自言自语道，"我记得还有很多种鸟的，那种尾巴分叉的叫啥了？"

我说："那是喜鹊。"三爷笑了，说："那叫蚂蚁鹊。"

“嗯。”我点头。

那些鸟儿就像故事一样钻进了我的脑海，又和眼前的故乡一样，翻滚在我的心海……

喜鹊，是一种体形比较大的鸟，全身黑色，它的巢一般垒在高高的白杨树杈上，我一直觉得喜鹊是不讲究的鸟，巢穴用几个小树枝搭在三角树杈中间，然后衔来一些干枯的杂草铺在窝内就完事了。

在故乡，喜鹊是吉祥鸟，如果看到谁家孩子爬在树上掏喜鹊的蛋，大人都会狠骂几句，不让掏，说喜鹊是益鸟，吃害虫的。最重要的一点是，如果谁家门口树上有喜鹊叫，那就表示家里将有喜事临门了。

和喜鹊相反的鸟叫“夜猫子”（猫头鹰），这是一种让人反感的鸟。我对这种鸟没有多大的认识，真正看到它是读小学二年级的时候，那天学校系着大钟的榆树上落了一只猫头鹰。去敲钟的老师看到了，我惊叫了一声：“猫头鹰！”于是，全校师生倾巢而出大呼小叫，高年级的同学拿着石头砸它，猫头鹰被惊吓到了，腾地一下飞得很高。最后，五年级的一位女老师出来呵斥同学，说猫头鹰也是益鸟，吃虫子的。

从那一天起，我的记忆里就有了夜猫子。村里的老人说，夜猫子要是在谁家门口笑，说明这家有丧事临门了，因为夜猫子在看笑话；如果夜猫子在谁家门口哭，说明这家将有喜事临门了。夜猫子进宅，无事不来。那时候我很相信这样的谬论，于是就天天祈祷，夜猫子不要来我家门口。

万幸，盼来小燕子到我家房梁上落户了。那一对羽翼油亮乌黑的小燕子叽叽喳喳的，每天出门衔泥衔草，它们像一对专业的建筑师，在房屋的第二根梁中间建了一座精美的城堡。那座城堡半圆形，枯草是钢筋，泥巴是水泥，垒砌得天衣无缝。

乡亲们说，小燕子在谁家落户，说明这家人善良有福气，以后会交大运的，所以小燕子从我家低矮的门檐上飞进飞出的时候，我们兄妹吓得大气都不敢出，礼让三先，让小燕子先飞进去，生怕一不留神就打扰到了小燕子，让它生厌而离开我们的家。

也许我们的礼貌让燕子感动了，它们夫妻最终在我家安心落户了。那座城堡建好不久后，四只嫩黄的小嘴从窝里露了出来，叽叽喳喳、没完没了地吵闹着。那对老燕子更是忙碌了，嘴里衔着一条条小虫子，嘴对嘴地耐心地喂着雏燕。那温馨的一幕，就像是母亲哺乳自己的孩子。

那时候，它们一家六口住在房梁上，我们一家七口住在房梁下。它们吃父母衔来的虫子，我们吃父母种的庄稼。后来，小燕子长大飞走了，而那个城堡一样的建筑一直留在我的家里。

第二年，两只燕子又回来了，只是再也不见那飞走的四只燕子了。

故乡有一种鸟长得稀罕，头上有一撮毛，白色的，身子娇俏，嘴巴尖尖的。小时候在寨坡上的树林里挖野菜能偶尔看到它的身影，乡下的男孩子性子野蛮，追着赶着，然后大呼："白头翁！"一群人便围追堵截，又是拿棍子，又是拿土坷垃，又是蹦又是跳，结果搞得人仰马翻，白头翁尖叫一声，飞到了高空，一群人只能望"白头"兴叹了。

一群大雁往南飞，排成"人"字形。小学课本里有这样的形象描写，在故乡常见到这一道风景。蓝天白云下，它们悠然惬意地飞啊飞，一会儿排成"人"字形，一会儿排成"一"字形，整齐划一，井然有序，没一个掉队的，像极了训练有素的士兵，我们就给大雁起了个形象的名字叫"正规编队"。

每年四月底五月初，麦子黄梢时，"咕咕、咕咕"的叫声，在炊烟袅袅的静谧乡村格外响亮。布谷鸟叫了，提醒乡人们麦子快要成熟了，家家户户就开始着手麦收前的准备工作了，碾压麦场，磨砺镰刀，缝补粮袋。布谷鸟就像乡村一位勤奋的歌手，它那急促响亮的歌声，那空旷悠远的歌声，每年麦收季节，时刻在乡村四野上空回荡着。

那些年，麻雀是故乡一种最常见的鸟儿。它们喜欢群飞，几十只几百只聚在一起，它们成群成群地站在电线上，像是五线谱上跳动的一个个音符；它们叽叽喳喳的，好像互相谈论着什么趣事。麦子成熟时，正是它们肆虐的季节，一群一群落在麦穗上啄食麦粒。为了避免损失，就必须看护，看护的人手拿一根竹竿，在麦田上四处走动，边走边大声喊着，麻雀听到喊声，呼啦一下就飞起了，落在了电线上，长长的一溜儿。时间一长，麻雀精明了，和人玩起游戏来，你在东边，它就飞到西边，你去西边，它又呼叫着飞回东边。它们喜欢飞到地面上双脚跳跃着四处觅食，我们就用鲁迅先生教的法子来捉它们，特别有趣，乐此不疲。

后来，故乡的光景慢慢变好了，鸟儿却越来越少了，有一段时间，喜鹊不见了，小燕子也飞走了。我想，它们也和故乡的人一样，都分散到他乡讨生活去了吧。

如今，我回到故乡，看到的只有海鸥和麻雀，偶尔有一两只喜鹊。故乡的树木在搬迁的时候都被砍掉了，我很是担心，不知道它们安家在何方，我很是期待，期待它们返回故乡留在故乡，待我下次回家的时候，能再次看到它们……

寨圈儿

丹江涨水，丹江大坝飞流入注，那场景，用“疑似银河落九天”形容也不为过。国人目光积聚那里，奔腾的丹江水沸腾狂舞、潇洒不羁，不知不觉却黯淡了沉在水底的人和事儿，故事就是这样，有高潮，有低迷，跌延起伏，让走过的、路过的人怅然一叹，心如软玉。

老家有山，因为太小，称之为坡，距离村子三四里远，坡顶有一圆形的寨子，可能是寨子的缘由，这坡命名为“寨坡”。寨坡长有十里，宽二里左右。圆形寨子建在寨坡的一处陡峭处，往下看，是一览无余的平展土地。寨子约几亩地大小，边上有青石垒起的墙壁，青石斑驳，残破不堪，石头裂缝中长满青苔。寨子有一个门，在我们村子这边上坡的地方。这个地方名叫“寨圈儿”。

“寨圈儿”哪一年建的？谁建的？建这个圈子有啥意义？众说纷纭，却毫无踪迹可查。有人说它是楚长城，这有点夸大事实啊，楚国曾在丹阳（淅川）建都不错，但是楚长城怎么也不会建成这么一个小圈子。查了一些资料，“寨圈儿”可能建于明朝末年，李自成起义军进入河南，处于败而复振时期，兵力不足，遂由淅川、内乡沿伏牛山北上至洛阳。

李自成兵力经由淅川的时候，寨坡周围的农民为了自卫，便在村庄附近唯一的地势高的寨坡上建了一个“寨圈儿”。

“寨圈儿”的来历究竟是不是这样，没有更准确的信息。但是从离开故乡的那天算起，我已经有整整二十年没有去过“寨圈儿”了，现在还能不能有迹可循，不得而知。

故乡名叫“张寨村”应该和这个寨坡有关。张寨村一世祖先自山西洪洞县大槐树迁徙而来是在明末清初，张寨村先祖迁到此，被分在淅川南部，这里依山傍水、山清水秀，算是难得的风水宝地。所谓有山则名、有水则灵，这个坡虽然不如山大，但对于其他平原地带来说，还是不错的。而且坡上还有一个新建不久的“寨圈儿”，地势险要，有易守难攻之效果。万一再出现兵患，也有躲避之处。

再者，沿寨坡西行二公里左右便是奔腾不息的丹江大河。过了大河，进入山区，那里更是苍松绝壁，不熟地貌之人进入其中，再想要出来，委实不易。于是，张姓祖先慧眼识地，依坡而居住，近可进入寨圈，远可过河进入更大的山区。

张寨村先祖以姓开头，以寨作名，取村名为“张寨”，在此繁衍生息几百年。离张寨村不远，有“冯姓”一族。因当时人烟稀少，常有狼虫出没，冯姓一族也是从山西迁徙至此，算是老乡见老乡，有同命相连之感，因此为了相互之间有个依靠，冯姓一族便迁到张寨村。而原有冯姓居住的地方，被后人称为“冯家宅子”，流传至今。

自“张寨村”这个名字由来至今，几百年期间，“寨圈儿”究竟起多大的作用，张姓一族在这个地方躲避过几次兵患或者匪患，不得而知。

但是对于我们来说，这个“寨圈儿”可是小时候的乐园了。能挎动篮子的时候，便开始在这里挖野菜；能背起背篓的时候，便开始割草喂牛了。特别是春天，暖风一吹，清凌凌的丹江水哗哗地流，凉凉的水漫过脚脖子，一个字，爽。加上牛哞哞，羊咩咩，两岸庄稼葱绿，柔软得像毯子一样的青草铺在河坡上，躺在上边，嘴里叼着一根狗尾巴草，啧啧，那感觉，想有多惬意，就有多惬意。

如今丹江涨大水，那个名叫“张寨村”的地方已经被全部淹没了。遥遥望去，“寨坡”似一座孤岛屹立在丹江的波涛中。水太大，已经涨到寨坡半腰了。按照目前情形，寨坡最后可能只剩下一个顶，而“寨圈儿”就在顶上。

闭目遐思，张寨村先祖还是有先见之明的。那个不知道建于哪个年代的“寨圈儿”的确是能躲避灾难的地方。

不过，他没有想到的是，几百年后，他的后裔子孙在国家的妥善安置下，搬迁到他乡了，虽然不及张寨村依山傍水、环境优美，但是地平路宽、交通发达，也是非常不错的。

第三辑　风景里打磨光阴的变迁

暗　香

于寒冷的日子，感受美好，且只有它了。一株寒梅迎雪绽，寒冬腊月暖心尖。我是这样想它的。

想起蜡梅，源于摄影朋友发的一组照片。绽放于冰雪中的红艳花儿，或一株，或一朵，更甚者乃侧影，迷纱环绕，似雾非雾，似幻非幻，恰如精灵。凝立于冰晶之上，让心颤抖，不忍抚摸。“朔风如解意，容易莫摧残。”崔道融的《梅花》恰如其分地表达出了那一刻的震撼。

给梅花图片做了边框，素淡的边框，娇艳的梅花。冬天，就这么不经意的温暖，像是划过灵魂的一束亮。

那年腊月，我去看她。小小院子是租来的，在院墙的地方有一株梅，刚打苞。她坐在树下，盯着那些花骨朵，独自出神。一起去的朋友和她打招呼，她把纤细的手指放在嘴边，轻轻“嘘”了一声，如若生怕打碎瓷器般的小心翼翼。

她指着枝头的花骨朵神秘地说：“我听到开花的声音了。”

那一瞬，我惊诧了。一个听到花开声音的女子，该有一种怎样的情怀？她的内心必定十分丰满，抑或藏了许多故事。

侧目看她，二十多岁的年纪，肤色白皙，头发散披在肩上，如黑纱一般，柔软且顺，两只眼睛清澈如泉，带着一种清新。尤其她的手，锥形的十指，芊芊如葱，放在并拢的双腿上，让人有一种情不自禁想抚摸的冲动。那双脚，套着白色的靴子，雪一样，精致的美。

医生朋友顺手推起轮椅，说该扎针了。我这才想起，她是一位双腿失去知觉的病人。后来，我和她熟悉了。她低着头，眉眼有伤，说那年自己太傻了，经不起失恋的打击，竟然从三楼顶上跳了下来。她以为，可以誓死追寻爱情，却不料上帝嫌弃她太年轻，让她留下了呼吸，却再也不会走路了。

她迷茫了许久，最后敲起了键盘，把思想圈进文字之中，在那所小院子里，放飞着希望。我不止一次读她刊发在报纸上的文章，文字清雅隽秀，冰清如梅，干净朴素。那文也带着淡淡的伤，如破开云烟的雨，滴答、滴答，湿了土地，也淋了心情……

后来，她离开小城，我再也不曾遇见过。

如今，梅又开，不知她是否还在听"花开的声音"。

对于花，我从心底喜欢，只是不懂打理，所以极少种花。城里的冬天越来越暖，于梅而言，便少了生存空间。想要赏梅，得去乡间，农家小院多种梅。

冬日，我去了石头村，看到一片一片石板垒的屋子，层层叠叠，不曾错落，也不曾倾斜。端端正正的屋子，让我心生赞叹，这得多精湛的建房技术，才能把屋子建得带着远古气息。荒芜的村子，枯败的荒草，凌乱地散落着。几个守着老屋的妇人无表情地倚坐在墙角，闭着眼养神，眼角挂着几滴老泪。冬日的乡村，在寂寞着。

蜡梅，在这样的环境里，独自迎风绽放着。黑褐色的粗树干，像是历经千年沧桑，老树皮斑斑驳驳。它带着龙钟之态，似是看透红尘，也似悟懂人生。枯树亦开花，它们迎风吐蕊，生于荒芜之中，卓尔不群，不与桃李争芳，不因雪压枝头而退缩，不需绿叶来衬托，傲骨铮铮中露出高贵的品质，潇洒超脱中飘逸着芳香。

我想，也许正是它这种不畏严寒、不媚世俗的品格，才使得它独占“梅兰竹菊”四君子鳌头吧。

王冕写它“不要人夸好颜色，只留清气满乾坤”，陆游写它“无意苦争春，一任群芳妒。零落成泥碾作尘，只有香如故”。

它们在我眼前兀自盛开着，红的热闹，淡的清闲，黄的娇嫩，白的纯洁，彼此相互交错，又各自独立，冰清玉洁，风姿绰约，不惧冰雪，悄悄地打扮着人间。

走吧，一起去看油菜花

一

远处、近处、房前、屋后、一垄垄、一洼洼，铺天盖地的黄花，赶会似的争相斗艳，把春天搅得沸沸腾腾，我很喜欢这样热闹的季节。

小时候学古诗“篱落疏疏一径深，树头花落未成阴。儿童急走追黄蝶，飞入菜花无处寻”。不懂其意，那时候只觉得菜花太多，年年都看，年年收割，都厌烦了那黄灿灿的色彩。于生活而言，那也就是几袋油菜籽，换一点点钱而已。

如今，饱了肚子，便萌生了诗情画意来，追逐油菜花，成为极大的幸事。房前屋后的几垄油菜花，满足不了心中的火热。于是，待菜花开时，便急不可待邀上三五好友去乡间、去山野，去看油菜花。

看油菜花，需要早起。和一群爱好摄影的朋友，踏着晨曦的露珠，看着天边出现的一抹红色，跟着红色走，慢慢地，红色越来越淡，化为了淡淡的金色。待我们赶到乡间，那金色周围的黑暗也逐渐被金色驱散了，出现了轮廓，一轮红日从天边升起了。

豫西南多山多丘陵，菜花种在一垄垄土地上，沿着山脚往上看，恰如梯田，油菜花一层一层的。地埂上的绿草如腰带，把一块块油菜花分割开来，入眼的是层层叠叠的黄花，黄得耀眼，灿得暖心。绿叶偷偷摸摸地振动了几下，黄的粉便簌簌地掉下了。于是，身上便多了腻黄的蕊，手指轻弹，随即被染黄了。

风吹来，扑鼻子的芳香，带着甜丝丝的味道钻进了鼻子。那香里，带着一种清新，如同山野的露珠，晶莹、沁心，于是，将香气拢在手心里，放在鼻尖亲吻。

养蜂的农户早早地把蜂箱移到油菜花不远处的空地上。“嗡嗡、嗡嗡”的蜜蜂，伏在黄澄澄的花蕊上，口器深深地扎进里边，铆足劲儿地吸吮着花中的蜜汁，采完后飞回去经过一道道工序的酿造，把那一份甜得腻人的蜂蜜回报给世人。看着它们忙碌不停的样子，我不由得想起了勤劳的农人们。

这时节，乡村也在黄花的催促下忙碌了起来。入眼望去，到处都是在地里劳作的农人，他们或栽青苗，或翻地，或牵几头牛，沿着地埂走，牛低头啃一口，“哞哞”唤几声，不远处的小牛犊便撒着蹄子欢快地跑过来，依偎在牛肚子旁，蹭来蹭去。

只见一位背着背篓的妇人，沿着山脚不紧不慢地走着，脚下跟着一条黄狗，身侧是黄灿灿的菜花。这样的风景，如诗如画，赶忙抓拍，定格了美丽的瞬间……

二

新迁居的故乡是平原地带，油菜花便没有了梯田的形状，也不像婺源那么有规则的种植，更不像江南水乡水田隔开的艺术种植。故乡的菜花是各家各户随意种植的，人们认为哪块地该换茬了，便调换着种。

收了秋，就开始播油菜种子。秋末，它们伸展出了青碧的叶子，把荒芜的季节装点得绿油油的。如果在空旷的土地上，看到绿绿的一片，走近，那定然是油菜。在随后的日子里，它们就和小麦一样，居守在地里，等待着雪和霜的洗礼。

经过几场霜冻，肥厚的油菜叶子便多了韧性。村人往往会在年内把太稠的油菜薅薅，留下壮实的过冬。小棵的拿回家，剪掉根，洗干净，煮熟，放进大水缸捂上几天，酸菜便出炉了。用油菜苗腌制酸菜，是故乡人的习惯。一整个春天，大家吃的酸菜都是油菜苗。

记得小时候，立春节气刚过罢，就进入了春忙时节。那时候没有灭草灵、除草剂一类，油菜地里的青草要用锄头锄。锄草的时候，还得剔苗，稠的地方薅薅，稀的地方补苗。

印象最深的是和母亲一起栽油菜苗。母亲用锄头在油菜地稀疏的地方挖上一个窝，我把薅来的油菜苗栽进去，然后从水桶里舀一瓢水倒进去，再用浮土把油菜苗的水窝填上，摁瓷实。

春来，暖风吹一阵，再一阵，移栽整齐的油菜花便结阵似的开了。一块挨着一块的油菜，你争我抢，挤进了春天的怀抱。在暖风的拂弄下，侧耳倾听菜花发出优美的声音。它们在春姑娘的轻柔抚摸下，开遍了千亩良田。风，撩拨着，不停地撩拨着，花海滚滚，铺天盖地般迎面扑来，好似一幅壮美的画卷，优美中带着激荡的旋律；又似一道明亮的光划过心海，惊起了无数涟漪，在我的心头层层荡漾……

菜花，在起伏中有了灵性。它们如同传世的尤物，呈现出俏丽的美感，诞生出无数的希冀。妖娆的身姿在广阔的田地里尽力婆娑着，尽力舞蹈着，把整个春天都舞出了旋律。那些旋律，醉了千古吟诵它的文人墨客。

清乾隆皇帝赞誉它“黄萼裳裳绿叶稠，千村欣卜榨新油。爱他生计资民用，不是闲花野草流”。

是的，菜花和百花不一样，不只是观赏，它们用具有生命力的黄，在浸染着如画的春天的同时，更为农人们燃烧着希望……

三

三月，都是花，故乡开满了油菜花，我们便迫不及待地去看了。城里长大的孩子喜欢田野，孩子们在地上疯跑着，追逐翩翩起舞的蝴蝶，花间便有了“咯咯”的笑声。我移步地头，抬首远望，那黄灿灿的花，在眼前铺成了金色的画卷，一团一团，一片一片，像沙画一样，随手一拨弄，便可绘出大天地。

风乍来，油菜花左右不停摇动着，犹如金色的花海，一浪接一浪，波涛汹涌，在眼前纵情蓬勃着，那种此起彼伏的荡漾，好似一个季节都生出画面感来。阳光照耀下，黄得耀眼的菜花就像毯子一样盖住了天地，大片大片的，肆意地铺张。

我喜欢待在故乡的地头看油菜花，那一片黄花，犹如仙境，那一缕缕的花香，清凉舒爽，沁入心脾，让我的心瞬间就宁静下来。

黄昏时分，再去看花，别有一番情趣。漫步在花海中，看杨柳芊芊，听花海呢喃，闻清香扑鼻，清风拂面，渠边的水缓缓地淌，如入桃源。

邂逅一片油菜花，不需要很多的时间，只要去乡下就好。那里是油菜花的世界，是油菜花的乐园。可以闲情逸致，可以轻哼小曲，花的芳香，花的温柔，花的宁静，瞬间便涌入了心头。

不过要想了解菜花，不但要有所观察，还需要有一点点的耐心。它们虽然波澜壮阔、场面宏大，但终究是暗藏了女儿家的幽幽情怀、娇娇滴滴。只要穿入花的境界，就会感到那颗漂泊的心，有了家的温暖，那浮躁的灵魂，便会得到丝丝的安慰。

去年在花间自拍的时候，父亲立在我的身边，他说这油菜花年年看年年拍，还没有拍够吗？他的笑脸就像油菜花，灿烂无比。儿女们一个个都成家立业了，对他而言最为满足。他时常说，都去外边闯吧，家里有他守着就够了。

我笑，把一朵花的微笑挂在了脸上，非要父亲用我的手机给拍个照，他拿着智能手机翻转来去，依旧不会用。孩子的欢笑，伴随着父亲微微的尴尬，让油菜花都欢呼雀跃起来。

如今油菜花又开，我回故乡去看花，却没有了父亲的身影，他在冬日溘然离去，长眠于油菜花盛开的地方，那花香，醉了他，任凭我千呼万唤，他都不愿意醒来……

我站在地头，看近前的油菜花，也看远处的油菜花，黄的花，黄的蕊，金灿灿，油亮亮。脑子里挂满了花事，也藏满了故事。

那些故事，有父亲的，有母亲的，有兄弟姐妹的，还有故乡人的，他们在油菜花的盛开中，换了一季又一季，温暖了一个又一个春天……

万水千山总是情

一

人之相识，贵相知心！

坐在电脑前，这句话像一道弧线划过大脑，搁浅的旧事回旋在心头，那三个男人，就这么扑哧一下，浮动在我苍老的心海里……

那天，文恺哥在微信上说，他准备出一本画册，让我写篇前言。我惊诧，说开玩笑吧，前言这种招牌之作，岂是我这种无名女子能胡言乱语的，还是找名家吧。许久，他又说，那写篇札记总可以吧。我回复了一个调皮的表情，言道，这个是可以的，正好趁此机会显摆显摆。

很长一段时间以来，曾经被我当作生命般存在的文字被搁置在一边，许是我懒，许是生活有了改善，不思进取，许是心里藏了太多的故事，而不便言，许是……

文恺哥的画册像导火线一样，让久无宣泄的思绪飘荡，让长毛的文字冲破尘封，而我却发现，内心的死角里深深地埋藏着三个人，于是这篇小文便不是针对一个人的札记，而是关于三个男人和一个女人的故事。这三个男人无法排出顺序，可谓牵一发而动三人，如果一定要安排出场顺序，那么好吧，按照姓氏来！

佛家常言，前世因，今世果，任何事都是因果循环。我相信，我和他们三个前世一定是熟识的，可以假想一个故事，在前世，他们三个是可爱的小动物，忽一日遇困；或者是遭难的三个人，而我正好路过，也许我是猎人，也许我是善男善女，一善之念，出手搭救他们脱离困顿。今生轮回，他们三个依旧是死党，而我则是远在千里的一个女人。为了回报前世的恩情，他们三个来了，拖家带口地来了，就这么演绎着红尘情缘。

二

应该快有十年了吧。

那时候博客盛行，论坛如雨后春笋，网络写手扎堆出现，摄影替代了照相，一群生活富足的朋友拿着相机，行走于大山大河之间，而我也努力地卖弄着肤浅的文字，与一群爱好摄影的疯子玩得昏天暗地。

在我 QQ 里首先出现的是怀涛哥，其实我更喜欢叫他“大秦哥”，“大秦帝国”这个网名特别霸气，彰显了一个男人的威武和气势。他也经常不着调地和我开玩笑，在嬉笑言谈之间我们逐渐熟悉起来。至于朝晖哥“小崔说事”和文恺哥“海天一色”，他们则是在我们县里一个名叫“淅川摄影网”的网站里陆续出现而认识的，当然，是靠大秦哥的引荐。

那段时间，大家都玩得很疯，不管写得深浅，也不管拍得好坏，只管朝论坛里发，然后，便开始等待一大群人的鼓掌和好评。兴趣高的，或者有点文采的，会对文字和照片夸奖几句，简单地指点一二，比如文章的某处可以怎么写，或者标点错了等，比如照片的光影或角度、黄金点的勾勒等。所谓“三人行必有我师”，这些系统专业的知识如醍醐灌顶，确实教会了一大批人。

大秦哥、小崔哥、文恺哥这三个帅得不像话的男人，就在这个时候从遥远的驻马店摄影论坛跑到淅川摄影论坛，不要命地和我们一起疯，把他们那边的山水风光、城市风情、民俗文化一股脑地传送过来，真正的“天下摄影一家亲”。于是乎，你喊他老师，他喊他大师，更近一点的就如我喊他哥，他喊我妹，这样的称谓，感觉更亲了。

三

在我的印象里，这三个家伙个个事业有成，却性格迥异。

像大秦哥，他比较开朗，言谈举止很随意，喜欢调侃，有点玩世不恭，总是眯着眼睛笑，可是给人感觉又笑得不怀好意，然而，那种“不怀好意”的笑，却让我倍感温暖。在虚拟的世界里，和大秦哥聊天最多，看到他的图标闪动，我就莫名地高兴，有他惦记着，就觉得特幸福。

大秦哥属于外圆内方的一种人，棱角在内不在外，尽管他看着桀骜，实际上早已经运筹帷幄了。他大大咧咧地说：“诺儿，你说我是不是对你最好了。”我说：“是。”他又说：“那你却先打开了文恺的红包，害我们打赌我输了，请他们两个吃饭，瞧把他们俩嘚瑟的，你害苦我了！”

我笑，拿着手机笑得花枝招展，大秦哥看不见，也不知道，我当他是亲亲的哥哟！

朝晖哥，那个网名叫“小崔说事”的男人，一开始出现就那么绅士，他高大魁梧，说话却幽默风趣，他说话很柔、很慢、很细腻，像哄小女孩一样。

我永远都不会忘记，在风声萧瑟的嵖岈山，他拉着我，用他的身躯替我挡着凛冽的风，穿过陡峭的山，越过齐腿深的蒿草，那漫长的山路，一路走来……我不会忘记，见到他的时候像个孩子扑进他怀里，他抱着我转圈的那种感觉。至今每每想起，总有甜蜜涌上心头，这些情节无关风月，无关红颜和蓝颜，我想，在时空的隧道里，也许我是他前世的知音，今世轮回，他来偿还我一个拥抱，仅此而已。

文恺哥，我一直认为他是个有故事的男人，他面相敦厚，一身淳朴，笑得那么含蓄。他不爱说话，很低调地把自己湮没在人海里，我想去找寻，却发现他闪光光地站在红尘里。

有时候，我想靠近他，去挖掘深藏于他内心的故事，却发现，我们一直忽远忽近地本地飘浮在烟雨里。一次他很认真地说："诺儿，我喜欢你。"我笑了，说："我也喜欢你。"很多年后的今天，我知道，我们说的喜欢不是爱情，也不是亲情，那是一种骨子里的惺惺相惜，也许，只一眼，他便读懂了我，也许，一次见面，我也读懂了他，就像风过野一样，凌乱的蒿草中，透露着倔强和无奈。

我们有共同的爱好，都喜欢把自己沉浸于文字和书法当中，无论是爱与哀愁，幸福和悲哀。

四

这三个男人无端地出现在我的生命中，关心着我的生活，惦记着我的喜怒哀乐，我快乐着思念着，直到那一天，大秦哥说："诺儿，你喜欢什么，你文恺哥说给你写幅字，我们明天去看你。"

吓到我了，真的，纵然想过千遍万遍，可是从来没有想过要见面，尤其是这样大规模的网友见面，让我无措。说实话，那天晚上我失眠了，彻夜彩排明天见面的情节，该说什么话。我，真是蒙了！

时间不会照顾我忐忑的心情，远在驻马店的三个男人如约而至，同行的还有他们的妻儿，三个幸福的家庭。等我急匆匆赶到酒店，他们已经和我们这边的影友在聊天了。用大秦哥的话说，他们三个没有在第一时间联系我，是不想让别人说闲话，毕竟我是一个女人。大秦哥说的我能理解，他们三个一直都是这么设身处地为我考虑，害怕因为他们的到来而给我带来流言蜚语，毕竟，我们只是网友。

一切都是那么的随意、自然，就像我们多年前就认识一样。我挨个喊哥哥喊嫂子，我讶然三位嫂子的开朗和大度，她们对自己丈夫的理解和尊重，对我这个女人——他们丈夫的女网友的坦诚和呵护，那包容的眼神和娴静的处世之风，让我为之感叹和敬重。有妻如此，夫复何求？

这一次见面，把网友变成了实友，我真切地感到了彼此的存在，不再虚拟。

这次见面后，各自过着自己的生活，驻马店的三个男人依旧扛着相机大江南北地摄影，淅川县的一个女人和从前一样静坐于电脑旁，生活井然有序，日子平淡如水地流逝着。

五

后来，发生了很多事，我们一同承受了悲哀，哭过，只是因为太远，而没有告知。白驹过隙，匆匆数年，大浪淘沙，淘尽人生的世态炎凉，曾经的许多朋友因为不再联系而丢失在岁月的长河里，我不纠结不苦恼，也不再因此而痛苦，毕竟谁也不是谁的谁，我们都是红尘的过客。

寂寥的时候，我会想起远在百里之外的三个哥哥，想起他们每一个人对我说过的话、对我的调侃、对我的关爱和对我的宠溺。真的，男人对女人的宠爱是难以忘记的，即使没有联系，也会时常想起，有那么一段异常开心的岁月，有你，有我，有他。

今年生日的时候，因为父亲的去世，心里难受，所以发了朋友圈，对我来说只是心情的宣泄而已，却没有想到被这三个家伙看到了。晚上，齐刷刷地发了红包，再一次蒙了，看着三个红包，我已经猜测到，他们三个人肯定在一起而且围绕我讨论一个话题。大秦哥催，朝晖哥催，文恺哥催，拆红包啊，快点、快点、快点，我偷着乐了，于是，反其道而行之，按照姓氏倒序拆，果不其然，我的大秦哥受伤了。

认识三位哥哥快十年了，这十年里，我们一共见了三次面，我当他们是兄长，是朋友，是亲人，我没有问过他们对我的印象，可我想，那一声柔软的“诺儿”已经足以说明一切了。诺儿，是他们三个的“诺儿”，因为这个世上，“诺儿”只有他们三个喊，很亲切，很贴心。

写到这里，从前又一次浮现，思念忽然加深。我寻思着，积攒点时间该去看看那三个家伙了。

一念行医，一念庄稼

张大仙开始行医的时候只有二十岁，那时候别人说他“嘴上没毛，办事不牢”，不敢请他看病。为了精准号脉，他见到人就拉着人家的手腕；为了打针一针到位，他对着自己的血管只管推。

他的第一个病人是个快要垂死的老头，实在来不及送到公社医院，儿女非常焦急，去外村请医生距离也远，情急之下，大家就想起刚刚学医回来的他，老人的儿子慌忙背上他的药箱就走。

看到老人气喘不过来的样子，他气定神闲，不急不躁，示意屋里人安静后先号脉，两只手都号号，又拿出听诊器按在老人胸口听听。两项诊断下来，病情基本定性。他拿出圆珠笔刷刷刷地开药方，然后看着药方，从他那个黑色的药箱里拿出剪好的四方小纸片，呈括弧状，那些纸片是废旧书纸剪的。他把药丸从盒子里一样一样倒出来，包了九包药递给老人的儿子，说：“现在就赶紧吃一包！”

“打吊针吗？”老人的儿子问。

“先吃几包药看看，病情缓解就不打吊针了。”他把听诊器装进他那个黑色的药箱里，合上了药箱。

那时候物价便宜，张大仙第一单生意一共折合两毛多钱。神奇的是，老人吃了他的一包药后，病情就有所缓解了。九包药入肚，竟然好了。

从此以后，张大仙便开始了他漫长的行医生涯。

张大仙本名张中玉，为何获得仙的称谓，有两个版本的说法：一是说张大仙在一个月黑风高的夜里踏着露珠回家，走着走着，黑漆漆的夜里竟然亮起了一盏灯，掌灯的人对他说家里有急病人请他去看看，张大仙二话不说跟着那人就走。给病人看病后由于太晚就留宿在主家，第二天早上睁开眼，他却睡在了一个坟堆上。二是村子东头的刘大妈忽然发病，哭哭笑笑的，说一些莫名其妙的话，家人以为是癫痫，赶紧去找他过来。他看看刘大妈的症状，一不号脉，二不听诊，说是中邪了，弄一些驱邪的法子，结果刘大妈没吃药、打针，去去邪就好了。

从此，村里人就说，张中玉如大仙，既可以号脉看病，又能阴阳看邪，大仙这名字就这样冠在他头上了。他也不在乎褒贬，庄稼人没有啥坏心眼，他反而觉得这是一种尊称。

据家父说，当年要不是张大仙，我的小命可能就定格在两岁了，所以，张大仙就是我的救命恩人。

我对张大仙有印象的时候，他已经行医十几年了，在我们那儿，方圆二十里内都知道他的名字。可不要小看这二十里之内，那时候没有摩托车，自行车都是稀罕物件，张大仙一直靠着两条腿背着他的黑色药箱，翻山过河，走村串巷，乐此不疲。

他是我们村的包村医生，按季度到各个小队发放糖丸，说是驱虫药丸。糖丸是螺旋状的，还带着颜色，我们叫“呆螺糖”，那种糖用舌尖舔一下，直爽到心尖。

真正对张大仙刮目相看，源于一件小事。那年秋天收黄豆，邻居三岁的孩子趴在黄豆堆上玩，小孩子不懂事，把两粒黄豆分别塞进了自己的鼻子，那孩子本身就是流着鼻涕的邋遢小孩，这下可好，黄豆遇到鼻子里的鼻涕，膨胀了，抠不出来。

小孩子张着嘴哇哇大哭，憋得脸紫青紫青的，邻居夫妻慌了神，想尽办法，那两粒黄豆就是出不来，围观的人越来越多，大家叽叽喳喳，出尽主意也毫无用处。眼看孩子白瞪眼了，大家都着急，说这娃恐怕有危险。

那天张大仙正好在我们村里，大家着急忙慌地把他喊了过来。张大仙挤进人群，掰掰孩子的眼睛看看，然后让邻居大叔抱着孩子，他嘴对着孩子的嘴，用力吹了一口气，再用力吹一口气，第三口气吹完，从孩子的鼻孔里飞出两粒泡大的黄豆。

大家鼓掌叫好："真不愧是大仙哪，这绝招，没得说！"

邻居夫妻感激得不知道说啥好，硬是拉着大仙在家里吃了顿饭。

张大仙不仅医术好，医德更好，不论谁家有病人去请他，他从不耽搁半分钟时间。询问病人的大致情况后，装几瓶药到药箱，然后让来人背上药箱，就急匆匆地出门，不管白天还是夜晚。请张大仙，背他药箱，这好像形成了规矩。待看了病人下了药后，他便背着药箱不紧不慢地回家了。

同样九包药，别人都比他要的价贵，一直到今天，他的要价依然是最低的。

张大仙第一身份是村医，第二身份是农民，用他的话说：治病行医挣的钱养活不了老婆娃子。村里人说："张大仙真是神人哪，医术高超，种庄稼也一流！"

经常看到一个情景，张大仙的黑色药箱放在地头，他撅着屁股在地里薅草。

那一年在丹江河边老家，他种了二十亩辣椒，秋天摘辣椒的时候，他和老婆搭个棚子在地头睡了整整四十天。天蒙蒙亮就在地里忙着摘辣椒，怕吃饭耽搁了时间，一天只吃两顿，喝点开水吃点馒头。他身高一米七，体重却不足四十公斤，大家担心他身体扛不住，劝他：“你给自己弄两瓶营养水输输吧，你又不差钱儿。”

张大仙咧嘴一笑，说：“那东西能不输就不输，没馒头的营养价值高哇！”

村里人说：“张大仙行医几十年，从没有马失前蹄，他号脉准，下药对症。”

听到这话的时候，张大仙心里咯噔一下，只有他自己心里最清楚，他也失过一次前蹄。那时他大仙的名号才得来不久，心里正飘忽呢。有天正在地里哼着歌儿锄着草，他大哥急匆匆地赶了过来，站在地头大声对他喊道：“妈在我家突然病了，你赶紧回去看看！”张大仙二话没说扛着锄头就回家拿了药，让他哥背起药箱，他跟在后边三步并作两步向他大哥家走去。

老太太气息微弱，他先是号了右手的脉，接着拿出了那个听诊器听了听，还按了按他妈的肚子，敲了敲跟鼓似的，他深叹了一口气，对他哥摇了摇头……

一家人开始忙碌了，给老太太穿上提前做好的寿衣、寿鞋，棺材抬出来刷了黑漆，就差把老太太移到地上了。一家人一个个瞪着眼睛等老太太咽气，谁知道这一等就是三个月。他妈又轮到他家住了，把他妈抬到他家的第三天，老太太瞪着眼睛看着他，嘴唇不停地抽搐着，一句话也没有说出来，然后脖子一歪，死了。

这件事儿他深埋在心里，以后无论给谁号脉，他都号两只手的脉。

张大仙如今六十多岁了，名头不减当年。他还是那么瘦，一边行医，一边种庄稼，风里来雨里去，两不耽搁……

闻香识女人

一

豫西南的冬天，第一场雪有点迟，纷纷扬扬，带着优雅的姿态飘落下来。

考究的茶坊，古色古香，一炉香在茶社一角冉冉升腾，让我想起江南的画舫。

红枣片在冒着气儿的普洱茶中翻滚，起起落落，深红的颜色颇像一味中药。透过雾气缭绕，雪花变得富有诗意，“帘外雪初飘，翠幌香凝火未消”，一种情调随着雪花弥漫开来。

四位女子围桌而坐，北方女子没有江南女子的秀气和玲珑，也没有江南女子的旗袍和金钗。茶坊内有笑声传出，与雪花融为一体，落下。

“采菊东篱下，悠然见南山。”东篱老师的名字来自于此。她给大家的感觉是纯天然的田园女子。她热爱生活，喜爱小孩子，于是她倾尽家产，创办了一所私立学校。

因为学校是全寄宿制度，所以每天陪伴东篱老师的有几百个孩子，琅琅的读书声伴随着她一天又一天。她说孩子们的读书声犹如悦耳的音乐，每天萦绕在耳畔。东篱老师说话细声细语，标准的普通话温柔得如同江南的细雨，轻柔舒缓，如浴全身。

严格的校规、良好的校风教育出高素质的学生。东篱老师的学生个个成绩优秀，这是她引以为豪的资本。

每一个春天来临的时候，东篱老师就邀请大家去她的学校赏花。满园的花儿争相开放，嫩黄的迎春花迎接了第一缕春光，桃红柳绿，校园到处都是温馨的暖阳。

宽大的操场旁边，丁香花、蝴蝶兰、虞美人等随处可见，蔷薇爬满院墙，粉的素雅、红的炙热、白的纯洁，芳香一片，东篱老师和她的几百个孩子一起生活在花海之中。

东篱老师亲自挖了一方莲池，在她的小别墅旁边，长十多米，宽七八米。她说挖荷塘的时候，把她累坏了，可是想到一池的荷花开放在眼前，就忘记了劳累。

于是，我们尽力想象着东篱老师挖荷塘时依锄擦汗的样子。

春天，东篱老师用相机拍荷塘冒出的尖尖荷叶；夏天拍蜻蜓独立荷花的傲姿；秋天的碧荷尽数枯萎，她却留下了荷魂；在这个飘雪的冬天，捧着一杯暖茶，她给我们讲她的几百个学生，讲述荷塘边上，一群群的鸟儿栖落在枯枝残荷上，那是一种大美。

她的一颦一笑，都蕴含着修养、典雅，一股馨香从她身上散发开来。

二

“莫听穿林打叶声，何妨吟啸且徐行。竹杖芒鞋轻胜马，谁怕？一蓑烟雨任平生。”职场女性清扬，把苏轼的《定风波》作为自己的座右铭。

看到清扬，就会想起“淡妆浓抹总相宜”这句诗。曾经是播音员的清扬声音悦耳动听，听她讲话，亦如一泓溪流，自山涧潺潺而出。我们时常用学富五车来点评清扬，她却含蓄一笑。她对古诗词颇有造诣，尤其喜欢苏轼、李清照、纳兰性德的词。

游刃在职场，清扬变得大气和果断，某种时候，会觉得窈窕淑女的她有男儿的性格。任何场合，她都挥洒自如、游刃有余。印象最深的一次是淅川移民迁安之时，她拿着录音笔、采访本，穿梭在人群之中，六月的天空，骄阳如火，汗水打湿她的衣服，长发黏贴在背上。

此时的清扬，完全抛却了淑女之态，白色的球鞋在瓦砾堆上格外显眼，她的身影在移民村来来往往。第一手新闻，第一时间播放，她的辛苦被定格在电视上，被记录在广播里。有些人，有些事，只有在不经意的那一刻想起，才能真正感受到他的付出和奉献。

事业成功的清扬，喜欢哼唱一首首传承东方文明的歌曲，譬如《东方之珠》。流光溢彩的舞台上，她把东方美尽情演绎。恬静中带着素雅，高贵中温润秀美，东方女性的魅力，在她身上体现得淋漓尽致。

清扬特别喜欢张爱玲的《最后一炉香》，说到张爱玲，她的眼睛又透出一种淡淡的忧伤。每个女性都存在不同程度的伤感和忧郁，清扬也不例外，刚毅和内敛两种性格同时在她身上显现。

三

每次听到田震的《铿锵玫瑰》，华峰就出现在脑海中。也许她的父母很早就预测到有一天她会穿上“橄榄绿”，所以就给她取了一个男人的名字。在武装部工作的华峰威风凛凛、英姿飒爽，看一眼，再难忘却。

坚韧的背后是温存，巾帼女子的她，有着别人不知道的温柔和善良。

救灾募捐，对她来说是家常便饭。只要听说哪里有贫困老人和孩子，她总是第一个跑上前去资助。用她的话说是“予人玫瑰，手留余香”，我们称之为大爱无疆。她资助的孩子我们没有计算过，只是听到她读资助孩子的来信时，感受到了她的满足和幸福。

水灾来临的时候，她和男武警干事一起开着冲锋舟冲在第一线，置自己的安危于不顾。那一刻，她似乎不是娇弱的女儿之身。重逢的时候，她一脸的笑容，冒一句：“醉卧沙场君莫笑，古来征战几人回？”笑中带泪，我们为再度相聚干杯。

因为善良，所以她得到了很多人的尊重和认可。因为秉性温存，所以她是一位贤妻良母，脱下军装，围上围裙，在厨房里做几道可口的菜肴，一家人其乐融融。她时常把爱人挂在心头，感受着爱人工作的辛苦和对家的付出。华峰对待朋友更是豪情满怀，慷慨仗义。看到她，想到她，一股暖流便在心中升腾，常想：有友如此，夫复何求。

工作性质决定了性格，大大咧咧的她用羸弱的肩膀撑起绿色的军装，用一颗柔柔的心细致入微地对待身边的每一个人，这就是她，一位不屈不挠的女子，她的外表永远是一种颜色，让大家从一种颜色里去读她。

“芳心似水激情如火梦想鼎沸，风雨彩虹铿锵玫瑰……”华峰的青春是绿色的，她用绿色演绎生命的赞歌。

四

“我不去想是否能够成功，既然选择了远方，便只顾风雨兼程……”当我不经意掂起笔杆写字的时候，没想到会成就一个美丽的传说。

好多年前，为了孩子能够茁壮成长，为了孩子有一个美好的未来，为了心中那份失落已久的梦想，我开始了留守生活。单身女子的故事很多很多，就像风起时吹皱的层层波纹，数字无法计算留守背后的喜怒哀乐。

喜欢写字的我，迷恋于感情世界，总是在追逐故事的情节。于是，穿越红尘的喧嚣，走进了一方枯燥无味的方格世界。柴米油盐之后，独处一室，一杯淡茶，一卷残书，自我陶醉，享受一种独有的静寂和快乐。敲击键盘的岁月，有欢喜、有泪痕、有憧憬、有低谷，酸甜苦辣咸五味俱全。

临窗听雨声，凭栏思至亲，来自乡村的我，在舞文弄墨中成长，在低吟浅唱中感知世间的美好和邪恶。思念故乡的亲人，回味田园泥土的芳香，牛羊写满日记，庄稼填满生活。苦中带泪，泪中带笑，形单影只造就多愁善感的性格。

笑时，着一花格子裙在山坡原野上奔放，追一轮落日尽情放歌。忧时，着一睡袍蜷坐室内，一杯酒，一阕词，点燃忧伤，拙笔描述无聊的岁月。

我的文字，在越来越多中沉淀，刊物、奖项捷报频传之后，有著名诗人汪国真老师签名的新书即将付梓。“无可奈何花落去，似曾相识燕归来”，少年一梦今日完成。在这个冬天，我很认真地为自己写了一首诗：“霜打落叶枯树瘦，皑皑白雪露红袖。任它东西南北风，傲骨铮铮显风流！”我在流失的韶华中、在人生的白纸上画了一个句号。

五

坠落凡间的女孩都是天使，都是美丽的化身。

茶坊内的四个女人，在飘雪的时节感受冬天的味道。升腾的雾气，在积雪中幻化；女人的名字，在这一刻变得无比清晰。

一个个女人带着墨香，从唐风古韵中走来。没有高低贵贱之分，无论是城市的霓虹，还是乡村的田野；无论是旗袍的锦绣，还是朴素的布衣荆钗；捧一卷书，或者弹奏一首清音、品着香茗的女子，是有味道的女人，高雅的女人。

街头，有女人走过，为了生活疲于奔波，她们的额头布满皱纹，她们的手上全是老茧，可是，为了家人能舒适地生活，她们擦一把汗水，继续努力着，她们的味不在其外，需要仔细品，慢慢酌。

有情、有爱、有德，便是有味的女人。

闻香识女人，茶香、墨香、体香三香齐聚，女人味便永久长存。

杀猪匠刘二

进入腊月后，刘二的日子就活泛起来。他揣着双手在村里闲逛，紫糖色的脸上挂着油亮的笑，微眯的眼睛投射出一道精明的光。他逢人先发烟后说话，二毛五一盒的“白河桥”，在当时可是难得的稀罕烟。

旁人问：“刘二哥，今儿杀几头？”

他嘿嘿一笑道：“今儿冷，伸不开手，杀两头。”

旁人眼热地说：“那不是有两块猪前夹吗？刘二哥，你这日子过得中啊，整天见油腥！”

刘二还没有接口，另有人接话道：“可不是，如今咱这村里就数刘二这家伙日子过得滋润啊！”

刘二每每听到这些，嘿嘿一笑，径自离去了。

杀猪匠刘二，是我们村里的有名人物。斗大的字不识一个，扁担倒下是个“一”也认不得。据说，当年他爹送他去学堂的时候，拿个荆条连敲带打赶猪似的赶了三天，也没有把他赶到学校去，他爹也就死心了。

刘二人高马大，是一把种庄稼的好手，杀猪是他无意间学会的。那年农历腊月二十二，他爹让他去请张黑娃明天帮忙把猪杀了，刘二就乐滋滋地去找张黑娃，结果却扑了个空，张黑娃被外村的人请去了。如果明天杀不了猪的话，就要耽搁到腊月二十六，距离年关太近了，万一猪肉卖不完，那这一年的猪就白养了。

他爹惆怅地拿着烟袋锅不停地抽着，刘二咋咋呼呼地说：“杀猪有啥难的，明儿咱家的猪我自己杀！”

第二天早上，他爹早早起来在门口挖了一个大坑，在坑里铺上了一块塑料薄膜，他妈把硬柴架进了锅灶，两大锅开水咕嘟咕嘟地在锅里开着花。

前后左右邻居都来帮忙撵猪，三百多斤的大猪被众人撵得气喘吁吁的，最后体力不支歪倒在地上，几个人一拥而上，拿起提前准备好的麻绳绑着猪的四条腿，一群人齐声喊着号子“一二三、一二三”，抬起了肥实的猪，按在了平放在门口的门板上。

刘二从屋内提起一把菜刀，信心满满地走到了门板前。根据平常观察张黑娃杀猪的经过，他把菜刀对着猪脖子就猛砍下去。这一刀砍下，猪竟没被砍死，忽然又蹦下了门板，“嗷嗷”直叫，两只被绑着的脚蹦着跳着跑，猪血溅在了众人的身上、脸上。这下子可把大家吓得不轻，一个个愣愣地看着蹦着跳着的猪发呆。

刘二也傻了，抹了抹脸上的血，看看手中的菜刀，呼呼几步追上了猪，对着猪屁股猛踹一脚，猪“嗷嗷”地又倒在了地上，他抡起菜刀又猛劲儿砍了下去，猪脖子被砍得稀巴烂，猪总算被他杀死了。

后来，他总结了第一次杀猪经验，认为最大的问题是刀，杀猪岂能用菜刀？买了专门杀猪的尖刀之后，他的经验日渐丰富了。每次杀猪前他都先把尖刀刃磨得锋利无比，然后在猪身上擦一擦，最后用手指量一量猪脖子，一刀下去，保管毙命。他杀猪，有两个绝招，一是眼很准，左瞧瞧，右看看，一头猪能杀几斤几两肉，他一报一个准，上下不差一两斤；二是手很快，人家杀猪是血随刀出，他杀猪是刀出血不出，转身走过两步，那猪血才“哗啦”一声喷涌而出。他杀猪的技艺几乎达到了炉火纯青的地步，全村人都佩服得五体投地。

他经常被村人请去杀猪，给谁家杀猪都是要管饭的。猪板油炼出一盆子后，切上一块厚厚的肥肉，再剁上几个白萝卜，揪一大把干粉条扔进咕嘟咕嘟翻腾着开水的大锅里，整整一锅大杂烩，吃起来别提多香了。吃罢饭后主家再给一挂猪下水，说是不会收拾，有些家还给猪蹄子。刘二杀猪有经验，拾掇这些不在话下，给了也就拿上了。

忽然有一天，刘二杀猪之后，不要猪蹄子和猪下水了，直接开口要猪前夹，就是要血淋淋的那块刀头肉，也不多要，一斤不嫌少，二斤不嫌多。

后来他杀了猪，直接拿起尖刀砍一块，不多不少，二斤左右，挂在门鼻子上，回家的时候顺手直接带走。

村人没事的时候，坐在门旮旯里烤着火，说：“你看这刘二,一个腊月里村里村外至少要杀一二十头猪，一家二斤猪前夹，过年不用割肉都吃不完呀，这手艺学得好呀，尽吃肉了！”

“猪前夹”“猪前夹”，有一段时间里，村人背后都这么喊他。

有一年快过年了，连续下了几天的大雪，膝盖深得积雪都堵住了门口，杀猪就成了问题。为了能吃上肉，大家不得不赶集去镇上买。有人看见刘二用担子挑着两大块猪前夹冒着汗从街上往回赶着，就羡慕地说：“瞅瞅这刘二，今年没有猪杀了，花钱买这么多肉，杀猪杀发财了啊！”

当晚，刘二把猪前夹分了块，一共分了六块，留下一块，带上五块就出了门，他踩着厚厚的积雪，敲响了村里的三户“五保户”、两户“残疾家庭”的门，隔着门缝儿把肉递了进去。“五保户”王老太太扒着门缝抹着泪眼说：“刘二娃啊，你这年年给我送肉，让老太婆我说啥好呢？”

刘二习惯性地嘿嘿一笑，摸着头顶上的棉帽子说：“王奶奶，没事的，有我吃的肉，就有您老人家吃的肉！”

有一次，几个团伙偷鸡贼溜进了村子，他们用手电筒照着鸡窝，然后用麻袋把鸡笼里的鸡一网打尽，起夜的张大妈听见了动静，一声尖叫划破了村子。于是，整个村子上演了一场追偷鸡贼的大戏，村人连吼带骂追赶着，刘二拿着那把杀猪刀疾步追了上去，大吼了一声：“快放下麻袋，不然，用杀猪刀捅死你们！”

偷鸡贼早就听闻杀猪匠刘二的大名，这会儿听到了他的声音，吓得两腿直打战，扔下麻袋疯狂逃窜了。

这件事后，“尖刀刘二”“刀斧手刘二”的称呼就冠在了刘二的头上，刘二受到了全村人的尊重，有着极好的口碑。

唢呐独奏

刘万才憨笑着说："哎，这事儿整的，姓张的娃们喊我舅舅，姓王的、姓李的也喊我舅舅，算咋回事儿嘛！难道我成了官舅舅？这不是骂人嘛！"

想起刘万才，我就会想起他打着哈哈说的这句话，如同他的唢呐声声，印在我心里。

刘万才原籍丹江水淹没的三官殿，丹江大坝建成后，他投亲靠友搬迁到我们村。他姐姐嫁给我本家的伯伯，而村里的张姓，往上追溯四百年是一个老祖宗，因此，按照辈分，我们这辈人得喊他"舅舅"。

我对这位大家公认的舅舅印象极深，原因只有一个，他唢呐吹得太好了。我确定，如果以我们村为中心，然后画圈，方圆八十里，提起吹唢呐的刘万才，保管人人竖起大拇指，那技术绝对没的说！

早些年乡村娱乐稀少，吹唢呐算是乡村一项最惹人喜欢的文艺活动了。婚丧嫁娶、盖房起屋、孩子抓周、十二岁开锁等，凡是和摆酒席有关系的事儿，似乎都离不开唢呐声。

刘家舅舅的唢呐声，便在这个时期应运而生了。在我的眼里，刘家舅舅就是我们村子的音乐大师，他用小小的唢呐，把一首首优美的旋律带给了乡村那些渴望文化滋润的农人们，也惊起了无数飞鸟，扑棱着翅膀，落在人家的屋檐，聆听一曲曲天籁般的声音……

刘家舅舅的那根唢呐，长约一尺有余，也不知道是啥材料制作的，像锥子似的，由粗到细，黑油油的，还带着光。唢呐身上有几个小洞，具体几个，没数过。唢呐口约一巴掌大，细的一端插一个扁扁的东西，嘴巴正好咬着这个扁扁的地方吹。

刘家舅舅个子不高，身材瘦小，不知道是不是吹唢呐的原因，背稍微有点驼，眼睛细小，但是有一丝精明的光隐在其中。每次去谁家吹唢呐，他都提着一个黑色的皮革包，可能时间太久，包的带子断了，就用纳鞋底子的棉绳缝着。白色的线磨得黑亮，黑色的皮革也脱了皮，一块一块的。

他到谁家吹唢呐，就坐在主家提前摆好的桌子上，要上一碗水，把唢呐头那个扁扁的东西取掉后，放在水里清洗一下，然后捞出来，用力甩了甩，去掉水渍，再插到唢呐小头上。随后把小头放进嘴里，嘴抿一抿，“呜呜”试试声，再用两只手的大拇指按在唢呐的下边，似托非托地抬着唢呐，其余八根手指按在唢呐的上边，彼此交替着、不断转换着，在那几个小洞上起起伏伏。于是，悠扬优美的唢呐声便在村子上空回荡了。

刘家舅舅开始抑扬顿挫地吹唢呐，他的搭档便开始捂着腮帮子“呜呜”地吹笙。

吹唢呐有讲究，要是婚嫁迎娶，吹的都是喜乐，比如《百鸟朝凤》《抬花轿》等喜庆的调子。

有些曲子节奏长，一两次换气都不行，那口气长得能把脸憋得紫青。吹到兴起，甚至不再坐着，他索性站了起来，全身晃动。有时候高仰着头，把唢呐对准蓝天猛吹；有时候似乎又必须低着头，差点把唢呐口对着地面了；还有时候，他拿着一个茶盅，对着唢呐口，堵住，松开，堵住，松开……

“呜哇呜哇”的唢呐声，说不出什么感觉，我不知道他用这样的方式是为了突出什么，可是这样的吹唢呐方式却能把围观的群众带入高潮。那音浪起伏的唢呐声，好像带着神秘的魔力，让一圈子的人欢呼雀跃起来。随着他的唢呐声调动着情绪，村人们都会随着唢呐声嗷嗷地叫，像是把整个村子都给掀翻了似的。

如果是丧事，吹的便是哀乐，吹什么曲子，全掌握在他吹唢呐的嘴里。刘家舅舅坐在门口吹唢呐，要是看见谁家儿女哭得很痛心，他就会缓一缓音律，吹一些舒缓的音调，让他们不再那么悲痛欲绝了；如果哪家的儿女没有那么悲痛，他就吹悲咽低沉的哀乐，一直吹，一直吹，那悲切的音乐带着哭腔，揪得心疼，那些人不想哭，也被吹哭了……

那时候，村人的日子过得紧巴，刘家舅舅吹唢呐的手艺就是最吃香的活，很多人慕名而来拜师学艺，他们背着或多或少的粮食，求在门口。于是，即便村里没有红白喜事，也经常能听到唢呐声声。

村里人说：“刘家的光景过得好，少不了白面馍吃。”刘家舅舅有没有白面馍吃，我不清楚，我只知道，他的徒弟一茬又一茬，那条通向村外的大路上，经常能看到拎着黑皮革包的年轻后生。

二十世纪八九十年代，流行歌曲风靡一时。刘家舅舅的唢呐声，便成了一首又一首旋律优美、美妙动听的歌曲。喜庆吹情歌，丧事吹悲歌。在乡村的季节替换中，他的吹笙搭档换了一茬又一茬，那些人有的是他徒弟，有些是外村的，其中跟他时间最长的是他的外甥。

许多年，人们经常看到他们舅甥俩骑着“二八”自行车在各村里走动，十里八村都有他们的身影和唢呐声。

后来，村里出现了一种新的乐器——电子琴，与这个东西一起生成的还有“舞台”。最初的舞台很简单，就是在地势高的地方铺上一块红地毯，两个大音响摆在边沿，一架电子琴放在桌子上。

那个坐在电子琴旁边摇头晃脑弹着琴的人，是刘家舅舅的外甥——他的得意门生，也是他吹唢呐的最后搭档。

再后来，乡村流动舞台以星火燎原之势遍布各村各镇，农村的婚俗也开始改变了，更多的现代音乐元素掺杂其中。庞大的乐队、超级的音响、流行的音乐，让婚事更加喜庆热闹。虽然唢呐还没有完全消失掉，但是早已不是喜事的主角。唢呐那些令人沉醉的生动音调，再也听不到了。

在大趋势下，刘家舅舅悄悄地退出了舞台。吹了几十年唢呐的他，就像一只孤雁在丹江边孤独徘徊着，偶尔人们能听到几声唢呐声，那音律似乎没有从前那么悠扬了，带着低沉的呜咽……

那年，“南水北调”搬迁正式启动，守着废墟的村人说：“他舅舅，吹一曲吧。”

六十多岁的刘家舅舅哆嗦着手，从那只蜕皮得只剩下白色的皮革包里拿出唢呐，洗了洗扁嘴，试试声，然后对着丹江仰起脸，久违的唢呐声瞬间飘过了村子，飞向云端，最后落在了丹江河面上……

迎春花，花迎春

看到它的时候，它正努力盛开着，在凌乱的萋萋荒草之中像繁星一般明亮。细细密密的花儿，你争我抢吐着蕊。似乎是厌倦了冬日的冰清，欲求尽快把春天唤来。就是这样的，它们在山涧唤春呢！空荡荡的山涧，它无所顾忌地肆意挥洒着美丽，把埋藏许久的寂寞弹去，轰轰烈烈地装扮着空旷。

一朵朵黄色的花瓣，挤在嫩绿的叶缝之中。通透的黄，热闹的黄，娇艳的黄，入眼全是黄。一条条的藤，一串串的花，无极限地折叠着黄，好像是要把冬天的末尾黄透彻，春天就欢欢喜喜地来了。

一瓣、二瓣、三瓣、四瓣、五瓣、六瓣，不多不少，刚好凑一个吉祥的数字。六瓣花，抱成团，劈开露珠，撬醒沉睡的大地，呼啦啦地接受着春的气息。线状的阳光，散铺在大地上，毛毛茸茸的日子，唤醒了山谷，唤醒了树木，也唤醒了青草。一切和光有联系的物体都张开了眼睛，万物便有了生机。

读清代诗人叶申芗的《迎春乐·迎春》："春光九十花如海。冠群芳，梅为帅。斯花品列番风外，偏迎得，春来赛。未有花时春易买，笑还占、中央色在。谁与赐嘉名，争说道、金腰带。”多好，他把迎春花誉名“金腰带”。且不说其他几种花了，就这“金腰带”的美名，也足以自傲了。

那天，我在料峭的春寒之日，看它傲霜而开。黄的花，黄的蕊，黄的骨朵，六瓣花迎风冒雨传递着春的讯息。那精神，那气节，那品质，那风骨，莫名地，便是满满的感动，有撞击心怀的喜悦，也有眼眶湿润的冲动。它们冷静地开，把一束乡愁开到了满山遍野。

故乡的父老也和迎春花一样，早早地张开了眼睛，以清醒的状态开始忙碌，土地上就多了扛着锄头的人，他们在一块又一块小麦地里，弯腰把锄头夯进土地里。被土地磨得锋利的锄头，只需要一下，就把土给疏松了。麦苗发了疯地长，日子就有了盼头。

天，瓦蓝。云，雪白。碧空如同被清洗一遍，透着洁净的美。

留了一个季节的春地，穿梭着各种机器，柴油机“突突突”的声音像音乐划破虚空，穿越在云霄之中。种子开始播进土地，身穿麻衣的花生，在这个时候显得格外朴素，它被乡亲们抚摸了一遍又一遍，最后与土地亲密接触。

要开始育青苗了，红薯苗、辣椒苗、棉花苗、烟苗……

在迎春花开得热闹的时候，乡亲们打池子、筛细土、浇水、撒种子、盖上薄膜，如同伺候婴儿般，轻轻地呵护着这些过日子的必需品。

整个春天，育苗是头等大事儿。沸腾的村子，与山涧、乡野的迎春花一样，热热闹闹的。

在这样的季节里，母亲总是早早起床，围上那条方格子围裙，开始清晨的第一道忙碌。她从水缸里舀几大瓢水，倒进铁锅里，再洗几个红薯剁成块，丢了进去。灶火里，红彤彤的火苗开始吐着芯子，发出一道一道的亮，她的脸上带着笑，和迎春花儿一样温暖……

几个孩子围着锅灶一天天长大，渐渐地，他们像花一样怒放。后来，日子抹去了一道道成长的痕迹，在迎春花盛开的时节，孩子们绑上了会飞的翅膀，离开了故乡。

寂静的午夜，母亲亲热地念叨着一个又一个孩子的乳名。她独守着空空的巢穴，等待着归巢的燕子……

迎春花，花迎春，她也开着花，在清冷的时节里，她用一朵不屈的金黄，寄托着对孩子的思念之情。多年以后，她沉醉了，迎春花笑了……

“覆阑纤弱绿条长，带雪冲寒折嫩黄。迎得春来非自足，百花千卉共芬芳。”迎春花在早春时节里，用细碎的金黄装扮着自然。它在乡间山野，风姿绰约地款款而舞着。它不畏严寒、迎来春天后，又悄悄地退出了舞台，把一整个春天留给百花芳菲……

向阳山上看花开

伫立在马蹬镇的向阳山上，海棠、樱花大团大团地开，开在黑石裸露的山上，有些不相符，却又觉得理应如此。站在山脊向下看，辽阔的丹江尽收眼底，几叶渔舟泊在山脚下，被绿色的草映衬，那舟便多了几分诗意。

以山脊为界，两边山坡长着新栽的花卉树木，梯田般一层一层，错落有序，沿着山势而上，黑石落在花丛中，像是恶魔与美女，形成极大的视觉反差。

这山在以前被称为石漠荒山，贫瘠得连草都不愿意扎根。山太高，石太多，尽管丹江河近在咫尺，却因交通不便而无法把水输送到山上。于是，这座叫向阳的山上尽是荒凉。

同行的文友回到故乡，原本内秀的他，被乡愁勾起回忆，打开尘封的话匣子，给我们讲述了一个又一个向阳山、向阳村的故事。他说山下的河水边曾经住着很多人，世代栖居于此，喝丹江的水，吃丹江的鱼，在山上放牧，蹲在石头上听老人讲从前的故事。

“九头狮子山，一寺对一庵。凤凰单展翅，鲤鱼卧沙滩。”这一首民谣，说的是在很久很久以前，向阳山对面有一排九座山，那山远远看去好像狮子的头一样，雄壮得很。一座凌空的凤凰山，叠加了这方山的俊秀、美丽。在向阳山附近还有一座寺院与一座尼姑庵，寺不大，庵也小。

后来，丹江大坝拔地而起，奔腾的丹江大河被一截两段。那山、那寺、那庵便消失了，在岁月的长河中，它们与丹江的浪花一般起起落落、浮浮沉沉，找不到踪迹。只留下一尾尾鲤鱼生活在河滩，迎朝阳，送晚霞，看缥缈的云，听安逸的风，幽静恬淡，与世无争。

然而，几年前的大规模搬迁，再一次改变了这个地方。剩下的鲤鱼也跳了起来，跃进远方的龙门。留下向阳山朝着太阳，背靠丹江。为了消除山的孤独，小城的林业工人扛着树、抱着花，迈着宽大的步子来了，他们在山石缝中，刨出一个又一个土窝窝，栽下一株株绿色的生命。

半山腰上，一辆洒水车慢慢停下，好几个园林工人赶忙拿石头垫在车轱辘下。一根长长的水管子从车厢里伸出来，清澈的丹江水，欢快地落在一棵棵新栽的树木、花卉根部。

林业工人拿着铁锹，弯腰，从石缝中铲出碎土，小心翼翼地倒在树根上。正午的太阳很大，我分明看到他们额头的汗珠落在地上。他们就这么忙碌着，忙碌着，用一滴滴汗水，浇灌出一棵棵青绿的树苗，让山在韵律中越来越美好。

山杏、山桃、海棠、樱花、女贞、紫薇、五角枫、竹子等，多种植物在他们的大手下安营扎寨。我走一步，再走一步，踩着黄土与他们近距离接触，最终沉湎于这安详厚重的土地，和那些花草树木一样，尽力感受生命的波澜壮阔。

许多蝴蝶围绕着他们，迎风蹁跹，如优美的舞者，为他们演绎至纯至美的画面。

这样的场景，令我想起他——一位特别让人敬重的兄长。那年移民搬迁后，他任职林业部门。好几次在电视里见到他，他都在荒山上顶风冒雨、披寒挂暑，带着林业工人穿山越岭。为了青山碧水，他生出了白发，沧桑了面庞。唯一不变的是那笑，对着镜头，始终那么温厚、优雅，像眼前的花一样，让人如沐清风。

我一直在想，他用这么短的时间就把荒山改变了模样，一定是对大山怀着至深的热爱、至诚的深情，所以才会把一柄凌空的长剑插进一座座大山，把全部精力尽数付至于此，用一腔无悔的青春，植就了一片片生态和谐的大花园。

“咬定青山不放松，立根原在破岩中。千磨万击还坚劲，任尔东西南北风。”青山翠，碧水浩，山水作证，他有着无比坚韧的精神，在这方山石料峭的土地上运筹帷幄，大手笔描绘出了五彩山河。

如今，山更加青了，水更加碧了，丹江看着向阳，向阳遥望丹江，两两相守。我站在向阳山上，看那流进首都心脏的丹江，看那一道伟岸的脊梁，背着大山走向远方……

跌入花间忘人间

花，铺天盖地地开，轰轰烈烈地开，那架势，真是惊天动地了，让一个植物园都沸腾得无所适从。于是，我就这么被花征服了，跌入花的海洋，恍若置身于人间仙境、世外桃源。久久地沉迷其中，让一朵朵、一片片、一亩亩的花包裹蒙尘的心。

茶花、茶梅、海棠、紫薇……在这里争相斗艳，艳丽中有素淡，清雅中有古典，灵动中有逸致，别样中有风情，万紫千红，我似是在画中，又似在宫阙。

几千亩植物园，让心都辽远了。各种珍稀植物郁郁葱葱，枝叶葳蕤，碧湖映衬。树绿绿，花灿灿，水潺潺，三者相偎相依，好一幅诗情画意的田园图画。

漫步植物园，扶着一棵高大的树，嗅一朵清香的花。植物在阳光的照拂下，泛着温暖的光，那些深绿、浅绿、墨绿、淡绿，绿了眼睛，绿出了深意。我在绿色中寻找这片土地的从前。

那时候，这里住了很多人，他们住红砖灰瓦的屋子，屋前屋后长满瓜果梨枣。他们像老鹰一样在这片土地上空翱翔，又像蛟龙一样在丹江河里腾跃，他们用勤劳的双手，构筑着一个个温暖的家，种植着养育一代又一代后辈的庄稼……

后来，"南水北调"中线工程启动，世代居住在这里的人坐上远行的大巴，依依不舍地离开故乡，把一段离愁唱得震古烁今，留下一片废墟空旷无比。

为了一湖清水永续北流、保护环境，小城的林业系统在乡亲们迁徙之后，在搬迁后的废墟上栽上各种植物，经过几年的努力，便有了这如梦如幻的生态植物园林。

林木中开花，花卉中长绿。随着地势的高低起伏，植物们布局合理，起起落落，层次分明，一洼洼、一块块、一方方……长出了生态，绘就了色彩斑斓，一年四季，花开不断。这片土地再次焕发出勃勃生机。

在花的一边，几百个孩子踏青而来，他们托举着太阳，踩着春的气息，排列着整齐的队伍，扛着五星红旗，沿着丹江河岸，像一群稚鹰扑扇着翅膀，欢快地飞来。红白相间的校服，在太阳下闪着青春的光芒。

他们在植物园尽情游玩，却又那么小心翼翼，沿着树木花卉之间的空隙来来回回、去去往往，生怕惊吓到这些美丽的精灵。

植物园一隅，一大片黑色的土地上，散落着好些个村民，他们拿着青碧的西瓜秧苗，正弯腰栽植，一瓢水倒下去，一捧松土覆盖上，那苗子便植入土地，只待谷雨来就扎根了。

我尽情徜徉在这桃花源般的植物园中，抱起一棵树，捧起一株花，蹲下身细嗅一棵草，夹着泥土气息的芬芳，瞬间弥漫心房……

隔着花的纱裙，我似乎看到了那些执着于生态建设、长年奔波在林间的工人，他们在城市的边缘，抑或大山深处，坚守每一寸土地，植树造林，赋予一方青山碧水。他们以愚公移山的精神，挖一个土窝，栽一株小苗，再像抚育孩子一般精心细致地照顾着。

当树绿了，当花开了，当我们漫步在人间仙境的时候，惊鸿一瞥，发现那些身影早已存放在心底，弥久生香。

尘世里的一抹蓝

兰儿发给我娇笑的表情的时候，我正如痴如醉地细数一片惊喜，对面屋顶开出一片紫色的花，满满的一架，轰轰烈烈地绽放。我拿着相机，让那一片花开进我的镜头，不，确切地说，我想让那一片花开在我的心里，让一瓣心香，把一个季节积攒得长长久久。

花，如火如荼地燃着，日子不紧不慢地过着，我的爱，亦一点一滴地释放。兰儿抖动的聊天窗口，像一杯颜料，让我骤然回首，一个女孩子的来来往往，像一朵幽兰开在我的心上。我不顾一切地回忆着，连同对面的那一架花藤，一齐回收到我的内心深处……

认识兰儿已经很久了，久得我已记不清具体的日子。印象中，那时候博客风靡，天南地北的博友在一篇文字中，或者一首打油诗中，就可以成为至交。男男女女，单纯得似乎没有一点瑕疵。网线连接的是江湖，却没有江湖的是是非非，那是生命中一段极为亮净的岁月。

兰儿是重庆人，那会儿在上海打工，负责在网吧收银。这个工作，为她上网提供了非常便利的条件。

兰儿年纪小，按照年龄，我们之间应该是有代沟的。可是她第一次欢快地叫我姐姐的时候，我的心还是不禁悸动了一下。好像在很多年前，我真的有一个妹妹失散在时空的某一个点上。若干年后，又这么不经意地重逢了。

打工，这个字眼我一点也不陌生。我千万次地幻想过网吧的收银，那种数字的重复和点击，一次又一次地移动鼠标。唯一感到有兴趣的是往抽屉里放钞票，而这些，又是属于别人的。兰儿干的就是这个工作，她数着别人的钞票，移动着自己的鼠标，她整理别人的快乐，强加自己的忧愁。外来妹的艰辛日子在心上剔成一把刀，刮进沧桑。兰儿曾经一遍又一遍地告诉我，生活的单调，日子的乏味，她只有二十岁，灿烂的青春却日日浪费在鼠标上。她想过继续读书，可生活的拮据，却不允许她有一丁点多余的想法。

我见过兰儿的照片，一个脸上带着调皮的女孩。她的性格和多年前的我极为相似。也许因为那种稚气，也许因为那种洒脱，那种无拘无束的大大咧咧，我和兰儿的关系很好。

兰儿也写字，网络女子有很多共性，写的基本都是自己。我们把自己的感情分散得七零八落，人尽皆知。可这又有什么呢？剥离了生活的面具，用一个制定的网名，解剖生活的酸甜苦辣，也是一种发泄，一种解脱，不是吗？我能读懂兰儿的字，在现代化的城市里，她游离在十字街头，汲取着城市的雨，思念着故乡的一草一木，把一段流浪的岁月刻在纸张上，几多无奈，几多辛酸。

那段日子，我们疯狂地玩，把一切抛在脑后，特别开心，玩博客圈，玩接诗龙的游戏。兰儿是个聪慧的女孩，反应敏捷。她像个孩子，游刃在我们几个大人中间，把一段平凡的岁月演绎得生机盎然，给我们平淡的生活注入了色彩。那时候，我们几个博友都感谢兰儿，亲切地喊她“兰儿妹妹”，而她总是把一堆又一堆的快乐，投递给我们。

兰儿上网时间长，而且多数是夜间。她像个夜猫子，整夜整夜地上网，整理她的空间，写一段又一段文字，把她的日子打扮得精美细致、温馨也有些许伤感。

这让我们几个穿梭在围城的饮食男女，羡慕不已。而兰儿，也会给我们制造惊喜。某一个清晨，睁开眼睛，会看到一个幸福——一首小诗放在博客的留言框里，那一天，都是灿烂的。对于寂寞，我们有更深的体会，字里行间的快乐，却是莫名的。

这种情况，好像只维持了几个月，因为各种原因，我很少进博客，几个非常要好的朋友，一瞬间好像解体了一般，解散了圈子，彼此回归到现实。日子还是日子，只是那种简单，再也找不见。而这些，谁也不想说，也不知道该怎么说。

其实，最早离开的是兰儿，她进来得晚，却离去得早。像一阵风，来得偶然，去得急促。

两年前的一天，失踪了很久的兰儿，再次出现了。她依然喊我姐姐，只是她的语气变了，没有几年前的欢快。她的表情是伤心的，语气是痛苦的。我不知道为什么，迫切地想知道：她怎么了？生活如何？

这时候的兰儿，在山东了。她和所有长大的女孩一样，为爱情流浪，跟随一个她爱的人去了山东，尽管依然在打工，却不再是一个人了。然而在爱的路上，她遇人不淑，把自己弄得满身是伤。她的爱情，累积的竟然全是痛苦。我吓了一跳，诧异她怎么把自己的生活搞得这么糟糕？

兰儿哭了，在电脑的那边，她一字一字地敲击，把一段血泪交织的生活真真实实地刻画在我的面前。她甚至绝望地告诉我：“日子没有盼头了。”而我，却不知道该说点什么！

也许，我该劝她，可女人的爱情，在谎言里显得多么苍白无力。就算我长篇大论地写下去，也是治标不治本，没有一点力度。

我想告诉兰儿，要勇敢坚强，伤只能依靠自己来治疗。而这些词汇，在我的心里翻转了几千个来回，也没有说出口。事情没有发生在自己身上，总是体会不到其中的辛酸。兰儿一次又一次地问我：“姐姐，我该怎么办？”

我长时间地沉默，再次把这个问题抛给了她。该发生的和已经发生的，比起岁月的这条河，毕竟是短暂的，未来的路还很长，一段错了，不等于永远都是错！

历经了千辛万苦的折磨，历经了坎坷不平的波波折折，昔日阳光的兰儿，成了一个多愁善感的小女子。她用弱小的身躯抵挡住强大的洪流，在这个物欲横流的社会，寻找自己的一席之地。我心痛，却帮不上她。

年前，兰儿发来信息，说手机号换了，她开始了新生活，想忘掉过去了。她开启了视频，我看到眼前的兰儿，还是那么漂亮，只是，那双特别大的眼睛里装满惆怅。我看见她的房间和所有女孩的房间一样，布置得温馨甜美。风铃叮叮当当地响着，我似乎闻到了兰花的馨香，只是这香味里，多了股淡淡的愁绪。

而今，又至花开放，对面的一片紫色，让我想到了兰儿，那个花一样的女孩，不知道她过得怎么样？是否找到自己心仪的男生？

我没有打电话给兰儿，只是想在这个季节告诉她，春天的一抹馨香，会埋葬那段沧桑。佛曰：“冬去春又来，拾年一闪功，时光莫虚度，很好自修功，俗间一切景，过眼烟云风……”

而我和那些曾经的朋友，也不仅仅是曾经，我想，兰儿会懂得！

小小新娘花

她手持鞭子，赶着几只羊朝家里快步走着，脸上堆满了笑。

四嫂在后边说："桂花，别走太快，摔倒了咋整？"

她回头一笑，语速极快地回应："妈，你走快点啊！"说完，便撒开脚丫子，一溜烟跑到门口。

桂花先前一步，把两只羊拴在门口的香樟树上，我正斜靠在门边，看冬日里的一抹风景，想着，这香樟树拴羊，可惜了呢。

我笑着问："四嫂，新媳妇咋样？听话不？会干活吗？"

四嫂站在路中间，看着我咧嘴一笑，用手擦擦流出的清鼻涕，拍了拍身上的干草渣滓，随手又拽拽衣角道："哎，得教，才来的时候啥都不会，现在行了，知道去放羊了，我压面条的时候也教她，会帮我烧火了。"

"是，还是个孩子呢。"我接着话茬，"四嫂，这么小就嫁人了，你对她可要好点哦，她以后会使劲儿孝敬你的！"

四嫂哈哈大笑，说："是啊，我没闺女，就你俩侄子，桂花这娃儿从小没人管教，爹妈不中用，娃儿受罪了。”四嫂说完，和我打了一个招呼，就去帮桂花拴那只最大的羊。羊肥大，桂花小小的身子被绊得围着香樟树直打转转。

看着拴羊的桂花，我想起了一首歌《小小新娘花》，哼起歌词的时候才发现，这首歌只有名字适合桂花。

桂花是邻居四嫂的儿媳妇，刚满十五岁，夏末娶进家的。提亲的媒人是桂花的堂姑，和四嫂是未出五服的本家妯娌。她亲自来四嫂家提亲，说桂花家里情况不好，爹七十多岁了，弯腰驼背，干不了重活，妈是半路捡的，脑袋不灵光，还懒。家里经常是残茶剩饭，难得吃顿热乎的。桂花没上过一天学，没人调教，不懂礼节。不过这孩子不傻，要是耐心教教，想来家务活也能做的。

四哥看着四嫂，四嫂瞅瞅四哥，夫妻俩眼睛略微一交流，便由四嫂回话：“让闺女来家坐坐吧，让她来和平平聊聊，看俩娃儿有没有缘分。”

那天，桂花来四嫂家了。小小女孩子，个子不高，瘦瘦的身子，单薄得如同叶子，似乎风一吹就能飘走。初次来家里，桂花低着头，眼睛瞅着脚上的凉鞋。四嫂看了一眼，心里酸酸的。那凉鞋带子断了，一根绳子绑着鞋底和鞋帮，十个脚指头，五对黑乎乎的脚指甲，她局促得两只手不停地搓着。

三嫂是四嫂的亲妯娌，她亲切地问桂花：“闺女，你知道今儿是来干啥的吗？”桂花抬起头，天不怕地不怕地说出了“相亲”两字。桂花堂姑哈哈大笑两声，赶忙圆场：“这孩子，胆子还怪大哩，快叫三妈！”

平平是四嫂的长子，即桂花相亲的对象，刚满二十三岁，这在村里可是“大龄青年”了。村里的男孩子一般十八九岁都娶妻了，婚后领着新娘子出门打工，几个月后，怀着娃儿的新媳妇回来留在家里待产，然后等娃娃过了周岁，家里的公婆帮着照应，便又出门打工。当然，这样的事儿不是我们村里才有，早婚在农村是普遍的事儿。

平平个子不太高，长相厚道，皮肤稍微有点黑，不善言辞。对象相了不少，中间也定下过，都过礼了，后来人家姑娘又上门退了。村里人说，平平婚迟，不是平平的错，而是四嫂和四哥，他们俩太死板了，不活泛，家里钱不多，还不会多说几句热心话。媒人气不过，自己说的媒，结果自己又给弄泡汤了。

听了这样的事儿，我感慨不已。四哥四嫂和我们邻居多年，他们是踏踏实实的庄稼人，老实巴交，不会阿谀奉承，不会见风使舵，也没有钱巴结人。

提媒的本来就不多，加上房子就一座，却有两个儿子，将来如何分配家产都成了问题。再有就是彩礼，按照村里的大趋势，没有十万八万媳妇是娶不到家的。四哥四嫂家底薄，这么一笔巨款，对他们来说是难以拿出来的。

眼看着平平成了村里的大龄青年，四哥四嫂着急，时常托大家给平平介绍合适的姑娘。

谁也没想到，平常不吭不声的平平竟然和桂花聊得很投机。小女孩见着平平也不低头了，羞涩一扫而光，拉着平平就要出去玩。桂花堂姑眼睛一瞪："桂花，不许没规矩！"四嫂笑呵呵地说："由着他们去吧，去街上转转，平平，多拿点钱，给桂花买点好吃的。"

桂花堂姑对四嫂说："都是自己人，烦琐的礼节就省略了，直接拿点钱给桂花她爹，也算生娃养娃一场。老两口就桂花这一个闺女，钱花不完，以后还是他们的。"四嫂连声说："是的，是的。"

从桂花堂姑来四嫂家提亲到桂花过门结婚，似乎顺理成章，桂花的婚礼并不浪漫，头天晚上四嫂给桂花堂姑送了礼盒，第二天便迎娶桂花了。接亲去了两辆车，一辆车里坐着桂花，另外一辆车里坐着桂花堂姑和桂花其他的至亲。

桂花那天没有穿婚纱，穿的是小街上买的夏季衣服，四套衣服花了二百元，四双鞋子好像也是二百元，听说有一双最好的，值六十元。桂花试穿高跟鞋的时候，高兴坏了，这是她长这么大第一次穿高跟鞋。

装作闲逛，我走进了四嫂家，四哥和四嫂赶忙起身给我让座，喊旁边的桂花叫我姑姑。桂花抬头喊着，嗓门很大，声音很响亮，喊完就拉着我的手，不言语直接朝楼上走去。

我莫名其妙，不解地看着四哥和四嫂，四嫂笑着说："桂花让你上去看她的婚纱照呢！这孩子，真是的，但凡家里来个人都拉上去。"我愣了一下，便顺应握着桂花的手上楼。

婚房没有装修，依旧是水泥地面，地上有平平抽的烟头散乱地扔着。枣红色的婚床和组合家具是配套的，都是几年前搬迁来时买的，不算新也不算旧。

床上大红的四件套揉成一团，床头上边挂着一张大大的婚纱照。影楼的人给桂花戴了假发，金黄色的，卷卷的头发散披在胸前。桂花白白净净的稚气未脱的脸上挂着笑，看起来像童话故事中的公主一般。"真漂亮啊！"我由衷地赞叹道。桂花赶紧又打开抽屉，恭恭敬敬地拿出一本相册给我。

我一页一页地翻看，桂花一脸幸福地站在我旁边。

起身离开的时候，四嫂教桂花说让姑姑有空来玩，桂花重复着四嫂的话。我笑着摸摸桂花的头，扭身对四嫂说："这孩子还小，当咱自己的闺女养着！"

那年花开

一

那年花开的时候，外婆瘦骨嶙峋的身体终于扛不住了，她深陷的眼眶抵挡不住病痛的折磨。她想说些什么话，却一直没有说出来，外婆的儿女围在她的床头，看着她慢慢地闭上了眼睛……

外婆故去有些年头了，坟头的那棵柳树可以作证。

外婆去世后，院子里的一架蔷薇被拔掉了，是连根砍掉的，舅舅说太招虫子了。

那时候，我真的不知道那一架粉红的花有这么好听的名字“蔷薇”，我们都叫它“刺玫”。

刺玫架很大，按照面积，估计最少也有二三十平方米，它像一把巨大的扇子，院子里的鸡、鸭都在下边避雨，老母猪还在旁边拱出了一个泥坑。

刺玫，也就是蔷薇，和外婆一起走了。不同的是，外婆走的时候，疼的是一屋子的儿孙；刺玫倒下的时候，疼的是一群不会说话的牲口。

二

那年，我家鱼塘旁边的荷花池子骄傲得很，花开得特别多，大姑娘小媳妇七嘴八舌围着看。看得兴起，突然有人大喊大叫，说是河里又淹死人了，于是，所有看花的人便涌到了丹江河边。

挤在人堆中，我看到了白生生的脚后跟，村人拿了床单子给盖上了，说是个青年男人，不知道是哪里人。在河边洗衣服的邻家嫂子说，这个年轻人从我们村对面的山岗过来，走到河边，先是洗了脸，后来便脱了衬衫洗澡。他一猛子扎下去，就再也没有泛上来。邻家嫂子还以为他水性极好，可能潜猛子游到下游了。然而，足足半个小时，也没见泛泡。

对于这个“亚洲第一大人工淡水库”，我们深有体会，看着平静无浪，却是暗藏波涛。如果不会游泳，下去之后很可能就再也上不来了。

那个人无名无姓，把他仅有的那件衬衫搜尽了，也没有找到关于他的任何东西。村人就用几块木板钉了口棺材，把他葬在了山岗的地角上，还在坟边撒了一圈白石灰，说是太年轻了，煞气重。

后来，那个人落水的地方，女人都不敢去洗衣服了，男人也不敢从那个地方下河洗澡了。

三

表姐出嫁的时候，开满了花儿，地上的黄黄苗开满了黄花，一小朵一小朵。还有老干笔，也开满了白色的花。这是一种草本的花儿，它的茎能吃。粗粗的茎剥皮，甜丝丝的，好吃得很。

来接亲的是一辆汽车，带着拖斗的汽车，很旧的那种，拖斗锈迹斑斑。我一点也不喜欢，表姐也不喜欢，她哭哭啼啼地不肯上车。

院子里好多人，大家窃窃私语。有人说，表姐婆家真小气，就来这么一辆破汽车。表姐听到这些，哭得越发厉害了。舅舅失去了主张，在方寸的空间里来回踱着步。也有人说时辰不等人，赶快出门吧，要是错过了拜天地的吉时，对婆家和娘家都不好的，这样的话让舅舅更紧张了。

表姐对自己的婚事是不同意的，相亲的时候就没看上，她自己也说不出个所以然，可是舅舅同意，说是老门老户，虽然穷点，但是人多势力壮。相亲之后，在媒人的极力撮合下，张罗着定亲了，表姐躲在屋子里小声啜泣。

隔着门帘子，我看到她俊俏的脸蛋泪痕斑斑，眼睛都哭得红肿了。

表姐是个文化人，她读书的时候成绩好极了，可终究因为太穷，她就没有一直读下去。

那时候我特别眼馋，她不仅模样好，而且说话也好听，斯斯文文的。乡村的花儿品种繁多，表姐就是其中的一朵。

汽车还是迎走了表姐，她穿大红的衣服，头上插了大红的花，我坐在她的身边，傻呆呆地看着汽车前面的玻璃，不知道是我的眼睛有尘还是玻璃有尘，总之，我没看清前面的路，一点也没看清……

四

那年的花开了，又谢了，麦子黄了，收割了。“南水北调”中线工程正式上线，第一批试点移民项目启动，乡亲们带着新粮食开始搬迁了。这代表着又一个崭新的时代即将开始，而我们就是这个时代的主人。

那场面真是锣鼓喧天、红旗招展，要有多排场就有多排场。

许多电视里才能见到的领导竟然出现在面前，和庄稼打一辈子交道的乡亲张着嘴说不出一句话，泪水淋湿了村庄，淋湿了招展的红旗，也淋湿了丹江……

我凝视这一切的时候，默默无语，许多熟悉的东西变得陌生了，就像村子，忽然就没有了，而许多陌生的东西竟变得熟悉了，就像记者，一群一群的。

许多年后，我一直在想，那些曾经来过移民村的人，不管是领导或者记者，还有帮助移民的义工，林林总总的人，他们能否和我一样想起，那个石榴红艳艳的时候，丹江湖畔的村子，一个个像爆破一样，瞬间就消失了……

五

我的心里时时开出一朵思念的花，外婆能感觉到的，那个溺水的外乡人或许也能感觉到，尽管不认识，但终究留在记忆中。

我知道，每一个季节都会开花的，就像表姐，在乡野的花丛里，一年又一年，忘掉不开心的过去，她的人生便如大丽花一样充满生机。

在我的记忆里，常常闪现出那一朵朵花……

以后漂泊于红尘，常常看到岁月里荡起的一朵朵花。我欣慰，那是一串又一串带着韵律的音符。

老地方的雨

那年七月，我陪着她，帮她填了所有的师范还是不行，尽管她复习了一个高三，依旧未能如愿。

那年，我读师专。

早上原本还有红彤彤的太阳，到了晚上，竟然淅淅沥沥下起了细雨。我和她相对无语，她不肯说一句话，咬着秀气的嘴唇，沿着县城的一座桥慢慢地向前走。我紧随其后，想说点什么，却始终没有找到话题。

雨，切合时宜地落下，一滴，两滴，三滴……

一前一后两个身影，相距三米，保持这个距离，我们一直前进，以极其缓慢的速度。此时我才感觉到，平常看似很长的一座桥，怎么这么短。她没有哭，天空却为她落下了泪，影子在昏暗的街灯中越发单薄。夜，似乎读懂了她的忧伤，我掩饰不住内心的酸涩，巨大的寒流一次又一次袭击我凌乱的发丝。

原来夏天也可以很冷……

她是我的同桌，我来自边远的山区，她来自偏僻的河边。不同的区域，相同的贫穷，使我们攒着一股子劲，巴望上学这条唯一的出路能改变我们的命运。

我如愿踏上了行程，和所有的年轻人一样，怀揣梦想，并与她约定，来年再见。

夜，渐去渐深，雨，越来越大……

就这样在雨中行走，我的心惆怅到极点，步履蹒跚，似乎听到了路人尖利的口哨声，回过头，却什么也没有发现。她说："走过这座桥，从此相忘于天涯……"我的心瞬间冰冷。

我想努力挤出一点笑，摸摸嘴角，却是咸咸的滋味。男人的寂寞，在桥上孤独地坠落，我甚至期盼，这座桥没有尽头，就这样走下去，哪怕一直到老。

我以为我的肩膀够宽厚，能撑起她所有的痛苦，我以为我能坚强地抵住世俗，与她携手走人生。然而，没有。我没有说一句话，伶牙俐齿的我竟然语塞，我听到自己内心纠结得哭泣，也抹去眼角无奈的泪水，我用巴掌丈量了大山的海拔，那高度从高考分数线上划开距离，我们之间开始有了一道有形的沟壑！

这些，她懂，我也懂。

桥，还是走到了头。此刻我们的距离近了些，我似乎闻到了她身上散发的幽香，那种香是田野的花所浸染的，淡淡的，雅雅的，没有沾染一点灰尘。

街头小卖部的灯还亮着，我们都听到了里边传来的唏嘘声。互相看一眼，该分手了，她去她的同学家住，我去找我的好友。在这座美丽的山城中，我们只能借宿在别人家。

我知道，明天，她就要走了，回家去……

也许是下雨的缘故，湿了她的手绢，小小的手绢湿淋淋的。分别的时候，我带走了。我能懂她的心思，这算是留念吧，人走了，总有物件存在。

我拿着手绢，一口气跑到姐姐家，洗了手绢，用电风扇吹干，然后去找我的同学。

天微明的时候，大约五点钟，那是通向她家的第一班车。我骗同学说是去另外一个同学家，死活不让他送。

那会儿，小城有两个车站，分为南北车站。实际上都在城中心，墙挨墙，我找了南边的，没有，就去了北站，在要发车的时候，她过来了。

终于等到了，我心悸动，说不出什么滋味。那个年代，车站经常放流行歌曲，类似于现在的校园广播。那天早上放的歌曲是台湾歌手高胜美唱的《缘》。

“挥挥手，我目送你走，才觉得心里好难过，你伤着心儿走，我忍着泪儿流，难道就这样分手……”

在车门边，我和她谁都没有说话。片刻的沉默后，她伸出了手，我赶紧把昨晚吹干的手绢送上，不敢看她的眼睛，我怕我一看她，就会控制不住自己的情感。

她没有接手绢，而是说：“把你的手给我。”我没听清，还是傻呆呆地拿着手绢，企图递给她。

她又说一遍：“把你的手给我。”

这次，我终于听清了，感觉像晴天霹雳一般，把我的五脏六腑炸爆，我还是不敢抬头，却赶忙伸出手去。

握住了，第一次，我握住了她的手。那一刻，我才发现，那手，是那么的小，并且是那么的凉……

空气凝固了，我的世界一片寂静。

高胜美依然忘我地唱歌：“挥挥手，我目送你走……”一遍又一遍，我弄不清车站的广播为什么就唱这一首歌？

不知道过了多长时间，终于，她抽出了手，我这才注意到，整车的人都看着我们，司机也没有催，一车人静静地不说话，我感到一阵心酸，很想大哭，却挤不出一滴眼泪，她不想哭，却流下晶莹的泪珠。

天彻底大亮，从车上的倒车镜里，我看到自己的狼狈形象，头发乱糟糟的，裤脚一个高一个低，上衣经过雨水淋湿后自动蒸发干，硬邦邦的，散发着汗味。

她上车了，在最前边的位置坐下来，我看到整车的人都向后走，唯独把最前边的一个位子留下，这是别人刻意给她留下的座位。

车，还没有启动，她的眼里全是泪水。一车人无声地沉默，我感到我们给满车的人带来压抑的离愁。不断地问自己：这一别何日见？她说“不说再见”。我想问：不说再见是何日能见？

是啊，在昨夜街头的雨中，说好了不送，因为我们无处可送，这座城，翻一遍，连一片瓦砾也不属于我们。说好了不说再见，终究是难见。

车慢慢启动了。在车的另一侧，我转过来，隔着车窗望着她。

太阳出来了，明晃晃的大太阳和昨天的一样圆、一样亮。车绝尘而去，留下一股黑烟，我站在黑烟里，不想离开。车站里人来人往，她走了，没有人会再多看我一眼，我失魂落魄、踉踉跄跄地出了车站的门。

城市真小，我看不到一座高耸的楼房，我仿佛看到我家乡的大山，还有山上的绿树，以及盛开的野花。我还看到丹江的河水，看见她一个人悲哀地走在河边……

我自嘲地笑笑，无奈且坚强地走在路上。

城市里的车，载走了一个又一个过客，她是其中的一个。我抹掉了眼角的泪，却抹不掉心里的痛。她留给我的是一寸相思一寸香味，手绢的念想占满心扉，二十年如一日。

天落雨了，和那年的雨一样，只是桥上走过的不再是我和她。

第四辑　亲情里缓缓流淌一首歌

红尘有爱，亲情无价

俺爹和俺姑

俺姑是俺爹认回来的，他用五十年时间找俺姑。

俺爹找到俺姑的时候，打长途电话回来，激动得语无伦次，说那真是俺姑，还说俺和姑很像。于是，家里大小几十口人都知道，俺姑找回来了。

俺三爷要去看俺姑。从江西到河南七百多公里，坐火车；从河南到湖北大柴胡两百多公里，俺哥开车。

三爷已经八十岁了，为去见俺姑，在家里和俺小叔吵了一个月。经不起俺三爷的寻死觅活，小叔和别人倒班，带着他回来了。小叔的意思是俺三爷年纪大，身体也不好，怕他经不住长途跋涉，他说他去看俺姑。俺三爷不同意，非要亲自去，说他的身体可以坚持。

俺三爷是村里为数不多在外地工作的人，他说他这辈子把中国人该干的活都干了。先当农民，后参军，接着又参加工作当工人。值得一提的是，他参加过对印自卫反击战，做到了真正意义上的保家卫国。

俺三爷和三奶是旧社会包办婚姻的牺牲品。他们相识于媒妁之言，结婚于父母之命。成家后，三爷依旧在外地工作，长年分居使两个原本不是很熟悉的人隔阂越来越多，最后经不起时间这把杀猪刀的摧残，离婚了。那时候离婚是时髦的词，然而就是这个时髦的词，带走了俺姑。

据俺爹说，三奶带走俺姑的时候，刚好碰到他放学走在回家的路上，三奶气冲冲地拉着俺姑的小手，头也不回。俺爹站在泥土路中间，大声喊着俺姑的小名儿："春玲，春玲……"

俺姑三岁，说话还不清楚，只会扭着头大声回应："大哥，大哥……"

很多年后，俺爹每每说起这个情节，都哽咽得说不出话，泪水长流。俺爹稀罕俺姑，对俺姑感情深，所以他几十年不停地在找俺姑。

俺爹后来听别人说，三奶带着俺姑改嫁，1966 年建设丹江大坝时搬迁到湖北大柴胡。为了找俺姑，他一次次往返于河南和湖北大柴胡之间。

俺爷也多次去湖北大柴胡找俺姑。有一次找到俺姑的舅舅，想通过他打听三奶改嫁的地方。可是俺姑的舅舅不肯说，把俺爷撵走了。找俺姑成了俺爷、俺二爷、俺三爷、俺爹以及俺叔叔们的心病。

五十年，像一场梦。俺爹说，他忘不了俺姑喊他"大哥，大哥"的声音。那声音时刻在他耳边回荡，揪着他的心。如果今生找不到俺姑，他死不瞑目。

苍天保佑，俺爹的诚心得到眷顾。在又一次去湖北大柴胡时，几经打听，终于有了可喜的消息。俺哥驱车载着俺爹敲开俺姑家的门。那一刻，俺爹看着俺姑，浑身都在发抖，嘴唇哆嗦，眼睛通红。他肯定地说，不用怀疑，那就是俺姑，因为俺姑和他很像，俺和俺姑也很像。

于是十月的最后一天，六辆车，老少共三十个人，浩浩荡荡地去看俺姑了。

俺姑看到一大家子人的时候，泪水挂在眼角，语无伦次，她一直在哭。

俺姑家的院子有四道门，第一道是院墙，第二、第三道是老房子的正门和后门，第四道是新盖楼房的门。四进四出，宽敞明亮。

娘家来这么多人，俺姑慌得不行，她不知道该忙什么，一会儿急匆匆去拿菜，一会儿又慌里慌张拿水果，等不了几分钟，又麻利地跑过来，抱着几大瓶饮料……

孩子们在院子里闹腾。叔伯们喝茶聊天，婶娘们靠在贴了瓷砖的墙壁上晒太阳。大家看着俺姑忙忙碌碌，很随意，没有陌生感，和俺姑的儿女们交谈，询问他们的生活细节。

俺三爷不停地抹眼泪，止不住。从未谋面的姑父喊他爸爸，三爷连声答应，眼泪擦都擦不及。

和乐融融的会亲场面，每个人都开心，俺三爷忽然想起什么，问大家，老大咋没有来？

俺躲在一边偷偷落泪。三爷不知道，俺爹找到俺姑，回来没多久，就突发脑溢血去世了。

俺三爷和俺爹

纸里包不住火。俺爹去世的事儿，俺三爷还是知道了。他站在俺爹的坟头，老泪长流，哽咽了好一会儿才说一句：“龙会，你娃不要小爹了……”

三爷一句话，哭疼一圈上坟的人。

三爷是在俺们从湖北回来后，才醒过来窍的。去见俺姑的时候，人多话多，都在打岔，兴奋的情绪可以干扰人的思维。所以那会儿，二伯扯谎，说俺爹去帮俺二哥养奶牛了。三爷知道二哥有个奶牛场，所以这样的谎言无懈可击。

三爷留在他外甥，即俺表叔的家。这期间，俺姑接他去住了三天。三爷越住越觉得奇怪，这于常理不合。自从有固定电话，到人人携带手机，二十多年来，俺爹隔三岔五就会给他打电话。可是最近这一年，从去年俺爹从江西回来报个平安之后，就再没有给他打过电话了。尤其是他都回来了，俺爹还不给他打电话。

三爷受不住了。他在俺表叔家生气，一直问俺表叔，俺爹咋不给他打电话。他嚷着要回河南。

三爷回来了，表叔家的表哥和表弟驱车两百公里送回来的，那条路我们前一个星期才走过。

蒙尘一年的家，被俺打扫干净。俺爷、俺二爷和俺爹三个人的遗像被俺擦干净，摆放整齐，点香后，俺给爹说，三爷就要回来了。

为了让三爷吃一顿回家最踏实的饭，午饭在饭店吃的。吃饭期间，三爷问俺："你爹咋还不回来？"俺噙着眼泪不知道作何回答。

六叔见机，说："大哥太忙了，顾不上。"

一顿饭吃得提心吊胆，每个人都忐忑不安。

午饭后，一群人围着三爷，红着眼睛道出实情。说俺爹去年从他那里回来不到十天，就突发脑溢血，走了……

犹如晴天霹雳，八十多岁的三爷恍惚了好一阵子。他傻了一般，嘴唇抽抽，苍老的眼睛不停地流泪，擦都擦不及。怕他顶不住，俺哥说："现在就去俺爹的坟头，您去看看他。"

俺们这一家人，从俺老爷算起，不算女婿，到现在一共八十五人，不算去世的爷爷奶奶们，还有七十五个人。这么多人都知道俺爹不在了，唯独瞒着他一人。这其中的原因，不难理解。

俺爹是一门长子，得到所有长辈的疼爱。

我常听到的一个故事是：1960 年日子艰难，家家揭不开锅，俺老奶奶饿得不行，叫慌得厉害。俺奶奶于是拿刷子扫扫家里的面缸，给老奶奶烙了一个巴掌大的馍馍。那时俺二姑才四岁，可怜兮兮地看着老奶奶，眼巴巴地盯着馍馍。

老奶奶一整天揣着馍馍，每次抠一点点放嘴里细嚼慢咽。这样的场景馋坏了二姑。待俺老奶奶去茅房的时候，她赶紧跑去找俺爹，说奶奶的枕头下有馍馍。

俺爹也饿，他直接偷了老奶奶的馍馍，和二姑分着吃了。

事情的结果是，老奶奶回来不见了馍馍，破口大骂，吵得厉害，俺奶奶害怕婆婆，搂着俺二姑不敢吭气。

最后，俺大姑奶奶直接跳起来指责老奶奶，说："您都是快死的人了，死就死了，俺大侄子是家里的长子，还没长大成人呢，怎么就不能给他吃？"

老奶奶没有挨过当年，最终饿死了。俺二姑也夭折了，俺爹虽然瘦骨嶙峋，但还是活了下来。

这个事情让大家知道了俺爹在家族长辈心中的分量。事实上，俺爹这个长子也做得有模有样。

早年，二爷家里人多，生活艰难，俺爹总是把家里的红薯干、粗粮，以及俺爷从丹江口带回来的白面、大米分一半给他们，一起熬过艰难的岁月。

后来，叔叔伯伯们成家了，有啥需要，俺爹也是跑在最前头。

二奶奶老了，俺爹每天都去看她，问她需要啥生活用品。缺米、缺面他就赶紧去买，几十年如一日。得知俺爹去世的时候，二奶奶哭着说老天爷不睁眼，咋不让她替俺爹死呢？让人难受的是，自从得知俺爹不在后，二奶奶也倒下了，住进医院再也没有起来。在病床上躺了半年后，也西去了。

再说俺三爷从部队复员后，先在四川工作，后来调到江西。几十年以来，只要他回家，不管住多久，都跟着俺爹。

俺爹说，不管吃菜还是喝汤，不管是住土坯房还是住楼房，他都带着三爷，只要他回来，随时随地。

从俺爹的坟上回来后，三爷就坐在俺爹的屋子里哭。他哭出声了，说他想出千万个理由，找俺爹不给他打电话的原因，就是没有想到是这样一个结果。

三爷说，俺爹去看他的情景一直在他脑子里。他还说俺爹不讲卫生，随地吐痰，吐在他家的木质地板上，害俺小婶婶麻利地拿个毛巾去擦。刚擦完，他又把烟灰随手弹在地上，慌得俺小婶婶又去擦。

这些俺知道，今年“五一”去江西看三爷的时候，小婶婶同俺说过。她噙着泪水说大哥真逗，面善，是好人，他们都很尊敬大哥，可是大哥不在了……

三爷哭哭停停，叔叔、伯伯、婶婶们都在俺家劝三爷。

俺看着三爷，不知道该怎么开口。

五叔说：“你别操心，你爹不在了，还有俺们呢，你三爷不会住外边的。”

俺控制不住，哭，使劲儿哭。

俺回来的时候，给俺爹上了香。对他说，三爷被俺五叔接去了，床已经铺好，那些铺盖都是新的。

风轻吟，怀旧叙

这个季节的风，少了春天的柔和，刚劲且有力度，轻轻一吹，便涌进心底。偶尔，街头走走，听风游走，像是在轻吟什么。抬头感受，却发现枝头已经没有枯叶了。

昨日写了《拐枣》的文章，矫情地以为这东西很稀罕，却不想是自己孤陋寡闻。杨老师说她家就种一棵，十多年了，枝干粗大。她说拐枣的花儿很美，乳白色的，零零碎碎，仰起头，风一吹，就能撒满心扉。我沉浸于那种美好，想象一场盛开的拐枣花事。她还说拐枣树长得太高，熟透的拐枣都无偿给了过往的鸟儿了。

看吧，金灿灿的季节里，一群精灵，无所顾忌、热热闹闹地站在枝头，轻轻啄一口，再啄一口，酸酸甜甜的拐枣，便滑入它们的腹腔内。那该是一幅多么温馨浪漫的画面！我放开思绪，力求把一个冬天的温暖都植在心头……

人到中年，似乎一切都通透了。曾经在心里苦苦纠结的事儿，也不再是事儿了。前些天几位同学小聚聊起从前，禁不住开怀而笑。

那天亦和旧时的老师聊天，忽然心生感触，我喊老师，说找找那时的感觉，老师“哎”了一声，我却是泪流满面，感谢老师一直记着我的名字。老师从事教育几十年，桃李何止万千。于万万人之中，他却还能记起我。

那时我却不懂，经常和他顶嘴，甚至心里暗暗地憎恨他。如今却是这么美好的享受，这样的记挂很温暖，像是春风吹拂在心尖的柔软……

写字的时候，喜欢听歌，老歌一首一首在耳边回荡着。喜欢张雨生的《大海》，许多年一直如此。那时情窦初开，渴望大海，时刻梦想那恢宏壮观的场景，想过脚踩沙滩的浪漫，也想过海水袭身的凉爽，还想过用海水洗尽心底的哀愁……后来真正看到海时，听着海水拍击堤坝的“啪啪”声，竟然涌不出丝毫感触来。我知道，岁月已经淘尽铅华了。

记得那年，他送我一幅画，是流行的明星图像，只是那上边有一行字，是首歌名《明天你是否依然爱我》，像是预言似的，那场懵懂的风花雪月果真没有结果。

“所有的故事只能有一首主题歌，我知道你最后的选择，所有的爱情只能有一个结果，我深深知道那绝对不是我……”这应该是他要表达的意思。只是他不说，我也不语，就这么过去了，然后在逆向的路上越走越远。多年后再听这首歌，哪怕曾经疼过，也是觉得暖……

怀旧可以引起连锁反应，像爬山虎一样无限蔓延，爬过冬天的围墙，逐一聆听过往。在那个无忧的年代，我们嬉戏于丹江河边，河边的田野，庄稼绿了土地，太阳照耀着每一个热爱庄稼的身影。泉水划过指尖，光阴便流落于水中。掬一捧清水，如同捧起一轮明月，漾起心尖的碎暖。蔚蓝的天，大朵大朵的白云飘过，那些没有规则的图案，就像心底的烂漫的情节，在故乡的上空轻轻飘浮着……

风轻吟，迷醉冬日。风一再吹，吹老了岁月，吹醒了光阴，吹动了心里发黄的残页……

家里有几口旧箱子，被风吹旧了，像历史把一个家族的风雨叙说。最黑最小最旧的那口是老奶奶的陪嫁，那口箱子黑乎乎的，沾满尘埃，似乎再也经不起岁月的抖动，只怕风轻轻哆嗦一下，就会四下纷飞。

隐隐带着一点白的那口是奶奶的陪嫁，她活的年月太短了，以至于那口箱子即使被风吹了这么久，仍然挤压着日子的疼。那口箱子父亲妥善保管着，说是他母亲的唯一遗物。

母亲陪嫁的箱子能看出是烤漆的，烤漆很厚，少了讲究，箱子的四角钉了铜饰，像是一只手在用力抠紧，生怕挤进去一点光阴，哪怕是风，也不行。箱子上了锁，尽管那里面空无一物。母亲说传儿不传女，所以那口箱子是留给大哥的。

嫂子的箱子半旧，那年风交雪，她坐着汽车带着箱子来到我家。箱子很大，里边装着被面，只是现在都用不上了。

四口箱子依次摞着，摆放在屋子一角。父亲在世的时候，偶尔会一口一口打开看看。父亲不在了，箱子亦被丢在尘埃里。那些曾经装点日子的物件，打扮过多么美好的光景。可是随着光阴的流逝，都成了没人过问的旧物。

我曾多次临江远望，在风中，感怀旧日家园和那些旧物，但都回不去了。

“我欲乘风归去，又恐琼楼玉宇，高处不胜寒……”苏轼的“风”多么大气，那一定是狂风，不然怎么可以乘风归去呢？我想，诗人的胸怀里是藏了波澜的，唯有如此，才有至高的境界。千百年后，读此“风”，心已醉了。人活一世，草木一秋，情意就像一座桥，连着的，便续着；断了的，便成了旧日。

朋友发一张玉兰图片给我，说玉兰在枝头打苞，差一点点便要绽放了。

我盯着那花蕾，如同捧在手心里的美，欣喜满怀。风过野，庄园明净；风拂影，心亦亮堂；风轻吟，韶华流逝。我讶然于风，也钟情于风。看风，听风，愉悦，畅然。东风，吹过一阵，再吹一阵，春天就来了……

母亲是首歌

弟媳悄悄对我说："妈去我家，说着说着就哭了。"

我急问："妈咋了？"

弟媳说："姐姐你怎么不让妈抱抱孩子呢？妈和我说，你嫌弃她，都不让她抱孩子了。"

弟媳的话像一把刀，插进我心里，刺得生疼生疼。

强忍着泪水，我赶忙解释："我怎么会……怎么会嫌弃她呢？"我……我了半天，竟然找不出合理的解释，所有的言语在那一刻忽然苍白无力，我的心痛极了。

母亲老了。确切地说是脑梗之后，她彻底变了。再不是以前出手阔绰、说话开朗、走路一阵风的母亲了。她说话不利索，稍微多说几句，嘴角还流口水。她步履蹒跚，弯腰驼背，却像个孩子一样，零食不断，不管该吃的不该吃的，都塞进嘴里。我给她买的衣服，她竟然觉得不够艳丽，自己跑到街上买了带花的红鞋子穿上，裤子也是那种不适合她年龄的。她笑着问我她买的衣服好看吗？我噙着泪说："妈穿得真好看！"

三年前，母亲突然血压升高，脑梗了。所幸入院及时，母亲恢复得挺好，基本生活能自理。“基本”指的是吃饭、穿衣，其他的不算。比如做饭，母亲也想和以前一样，围着锅台转，可是她的记性不行，每次把锅放在液化气灶上，出去就忘记了，好几次亏得父亲及时回家，不然差点酿成大祸，就这样，锅依然烧坏了两个。

母亲笑着，带着傻劲儿。

哥说：“老娘有些傻了。”

我说是的。眼睛涨得酸疼。

哥说：“她苦了一辈子，不能让她缺钱花。”

我嗯了声。

母亲儿子多女儿少，且都不在身边。她生病的那段时间，我下定决心，守着老娘，好好地伺候她。可是，只有半年，我依旧走了，回到我城里的家，原因是儿子在乡下学校的条件太差了。多么冠冕堂皇的理由，扪心自问，我觉得自己是个虚伪的家伙，离开老娘，还找个不疼不痒的理由。

我带着大包小包的行李离开老家的时候，母亲傻傻地说：“你不想要妈了，我拖累你了。”

我扭过头，擦干眼角的泪水，笑着说：“咋会呢，等浩浩毕业了，我就回来住，再也不走了。”

母亲不说话，她佝偻着腰，迈着细碎的步子，扭身回屋，坐在藤椅上，低着头，看着脚。她两脚并得很整齐，像小孩子一样，规规矩矩地坐着，一动不动。夕阳映照着门口的母亲，她花白的头发在日照下显得耀眼，脸上皱纹密集，与她的年龄极不相符。其实，我的母亲才六十多岁，与城里经常洗面保养的老人相比，母亲真是太老了，老得让人心疼。

现在想想，我真是个极度自私的人，这些年图清闲，坚持不要第二胎。为此，母亲说过很多次，她说："趁现在计划生育不紧了，麻利要个二胎，不管男孩女孩，给浩浩做个伴，咱是农村人，不能学城里人，啥独生子女的，咱老了得指望儿女养活，好歹我现在能走动，还能帮你带带。"母亲的话对我来说，像耳旁风一样，听听了事。

病来如山倒。母亲躺在医院，儿女们围在病床伺候。医院里，兄妹几个忙忙碌碌，分工合作，把病床上的老娘伺候得挺好，旁人羡慕，母亲笑了。

也许是年纪的原因，也许心态发生了变化，我终于接受了母亲的建议，生命中的第二个孩子姗姗来迟。母亲欣慰，一家人欢天喜地。月子期间，住在乡下的家里，我的家和母亲的家只有百米距离。那天，爱人去城里晚归，午饭稍微晚些，母亲等不及，怕我饿着，就自己去做饭了。

母亲一手端着一碗面条，一手端着一个小盆子，盆子里装着三个鸡蛋，其中一个鸡蛋破了。我家的楼梯装有地板砖，光洁滑溜，我不知道平常走路都是极小步子的母亲是怎么不扶扶手上楼的。母亲摇摇晃晃地来到我床前，由于站不稳，面条汤溅出来一些。她像个做错事儿的孩子，说自己真是快死的人了，连个碗都端不稳。

我的心沉甸甸的，由于生气，不由得大声呵斥她："谁让你做的！我都说了不饿，要是你摔下楼梯咋办？要是饭洒了烫到你咋办？"

母亲似乎没有听到我说的话，她仍小心翼翼地说："快吃吧，面条下得少了，不知道咸淡咋样，水少了，鸡蛋没煮熟……"

我眼睛发酸，强忍着不让泪水落下，继续吼："下次不要再做了。"

母亲吓傻了一般，说："知道了，下次不做了。"然后转身蹒跚离去。

母亲走后，我拉过被子蒙着头，大哭一场。我的老娘她不知道，我训她是担心她，万一摔倒了可咋整，她的身体只要摔一跤，恐怕就再也站不起来了。我哭，是我训了老娘，心疼得很。

母亲生病之后，不迷信的我特地找算命先生算了一卦，我啥话没说，那个算命的就说令堂身体不佳，且大病过。这样的话让我吃惊，原来从我的相貌上，真的可以看出父母的情况。于是，我幼稚地认为，只要我脸上挂着笑，父母的情况就会更好。

不管我笑得多灿烂，母亲的身体依旧不容乐观。她气色不好，不得不经常输液。我的心时常揪着，害怕她有个三长两短。我不求母亲长命百岁，只希望她能多健在几年，让我们有机会给她几张钞票，让她随心所欲地想买啥就买啥。她操劳一辈子，一直手头拮据，舍不得吃，舍不得穿。现在即便是打扮得不伦不类又咋样，只要她快乐足矣。

我也想过，对母亲说点温情的话，可总是矫情不出来。有时候，明明是关心的话，出口却是严厉的。没有生病前，母亲会比我更严厉地回我，病了后，她只会咧嘴傻笑，不敢和我顶嘴了。

母亲每天都来我屋里，只要不拿东西，她扶着扶手就能安全上下楼。可我还是担心，于是总是让她不要每天都上来，隔天来看看就行。母亲说，她想看看娃娃。夏天出生的孩子，穿的衣服极少，我的孩子又是早产儿，很小，像个小猫似的，需要双手并拢，才能托住。说心里话，我怕母亲抱不紧，万一掉到地上咋办。于是，好几次，母亲都是刚抱到娃儿，我便找借口抱回，让娃儿继续睡觉。

没有想到的是，我的举动让母亲受伤了。她去弟媳家里，竟然哭了。

弟媳的话，像一瓢冷水浇醒了我。一千遍一万遍地骂自己没良心。在那么艰苦的日子里，母亲养大了我们兄妹，随着我们一个一个地成家，又轮番帮我们带孩子，我却担心她抱不好孩子。

满月后，我又要回到城里的家，母亲抱着孩子亲啊亲，她呢喃着娃儿的小名，眼巴巴地问我："啥时候再回来？"我说："有空就回来。"这是一句可有可无的话，一句类似推辞的话，可我就这么说了，说得有声有色，我想，我一定会得到报应的。

母亲记性不好，总是忘记带手机，回城后，我的电话也老是打给父亲，问问家里情况，听到一切都好，就会挂断电话。有一次和父亲的通话中，我听到了母亲的声音，她说：“你赶紧问问她啥时候回来，娃儿长成啥样了？”

我的心咯噔一下，像刀子剜心一样。我的老娘，时时刻刻在等着我和娃儿回家，我却在不经意之间把她晾在一边。上个星期，突然间很想回家，很想老娘，于是，吃过午饭，抱上孩子匆匆去车站。

出现在母亲眼前的时候，她又傻傻地呆住了，说：“天这么冷，咋不吭气就回来了，咋不吭气就回来了，冻着娃儿咋办……”很久没见母亲这么絮叨了，我心里暗暗地说，总算做对了一次。

顺手把怀里的孩子递给母亲，母亲的惊喜发自内心，脸上的皱纹都乐开了花，苍白的头发在日照下熠熠生辉。

当我再次离开老家的时候，母亲迈着细碎的步子，堵住车窗玻璃，打着手势，一个劲儿地和娃娃说再见，然后，赶忙问我一句次次相同的话：“啥时候回来？”

枣花香

想起枣花，源于昨晚做的一个梦。梦里我见到去世二十多年的外婆，外婆还是从前的样子，头发在脑后绾成髻，很小的一团。矮小的外婆穿着深蓝色的粗布偏襟衣裳，脚脖子上绑着一条绑带，把小腿扎得紧紧的，尽管她的脚裹了一半就解放了，但她脚指头已经给折断了，为了保持平衡的走姿，她走路就有些摇晃。

梦里的外婆腰里围着那条打着好几个补丁的粗布围裙，她弯着腰在自家的南瓜地里，一只手擦着额头的汗，一只手拔着草。我站在南瓜地边的枣树下大声地喊外婆，她看着我却没有搭理我，我喊着喊着，直到从梦中醒过来……

外公参军的时候正值抗日战争时期，外公的人生也是起起落落。外公读过私塾，是个文化人，他在军队期间英勇善战、精于谋略，不长时间就当了官。

新中国成立前夕，外公带着体内的子弹回到了老家，彼时老家已经破败不堪，外公的兄弟们也相继在战乱中去世，剩下的也就他一个人了，十足的人丁单薄。

外婆娘家是大户，是名门望族，她是个落魄的富家小姐。旧社会女子不当家，老外婆选女婿眼光高，高不成低不就，一再搁置，结果就把外婆的年纪给耽搁大了。也许这就是冥冥之中的缘分吧，外公最后就绕到了外婆身边。

外婆个子矮，皮肤也黑，如果按照门当户对，外公是配不上外婆的；如果从外貌上说，外婆却是配不上外公的。虽然有这么多的不相配，外公和外婆却厮守了一生，即使在最困苦的时候，他们相濡以沫，为他们的儿女撑起了一个温暖的家。

母亲是外婆的第一个孩子。外公和外婆还育有七个子女，加上我母亲，正好四男四女。

当一堆孙子外孙承欢在外公膝下的时候，他的笑是那么安详。这时候的外公和外婆都老了，外婆不再下地干活了，她总是拿着尺把长的烟袋，烟布袋里装满瓷实的一袋自家种植的烟叶，用火柴点燃，然后一大口一大口地吸，劣质的烟叶把外婆呛得不停咳嗽。外公每每看到了，总是温声斥责外婆："少抽几口，少抽几口，看看咳成啥样了！"外婆不言语，依旧咳嗽着抽烟，火苗一闪一闪的。

自我们懂事起，就对外公的过去充满好奇。当我们问起外公的过去，他总是含糊其词，最多就是说些战火纷飞枪弹没长眼睛啥的，有时候还说电影上的情节……然后他打个岔就把我们带到小说故事中去了。

外公当兵的日子，是我们大家心里的谜。印象中的外公威严中带着笑容，似乎还有严重的洁癖，他总是用一条花格子毛巾为我们表兄妹擦鼻涕。

小时候，农村理发不方便，一般都是靠走江湖的剃头匠剃，他们挑着两个筐，一头放着剃头的家伙什，一头放个小板凳。剃头匠来村里有规律，大概两三个月来一次，每次剃头匠来村里剃头的时候，为了躲避剃头匠的推子，哥哥们都开始躲藏。三哥最调皮，外公咋喊他也不去，气得外公拿起门口的铁锹，追着三哥喊打，最终外公也没舍得打三哥一下，他好话说尽才把三哥带到剃头匠面前。

二十多年前，一个正月十六的早上，外公被村人请去陪客，在酒席上外公瘫倒在地中风了，被主人搀扶着送回来，我和母亲刚好到家门口，外公此时说话已经含糊不清了，但他依然笑眯眯地和我们打招呼。他喊着母亲的乳名，还让她快坐下歇歇。外公被大家慌慌忙忙地送进了医院。再去看外公时，他已经不会说话，也站不起来了，只能躺在床上看看，枣花香的时候外公走了……

外公的离去，对外婆的打击很大。她坐在灶台前，旱烟袋一锅子一锅子地抽。外婆的八个子女守候在她跟前，生怕她出点啥意外。外婆抽了整整三天的烟，始终没有哭出声。外公下葬了，外婆终于号啕一声。她病倒了。同样的病，外婆也中风了。所幸经过治疗，外婆还能拄着拐杖走路，还能用一只手吃饭。

外婆一生坚韧、勤劳，非常能吃苦，风里雨里十多年，她虽然外貌不是很漂亮，但是性格很好，为人率直，乐善好施。外婆家在村子的最前边，一溜好几棵大枣树，一到七八月份，外婆扯着嗓门喊村里人来吃枣，连吃带拿些回去，小时候，我们因此常常生气。

最有意思的是邻村的人赶着大车从门前过，看到满树的红枣，也不和主人打招呼，就噼里啪啦地往他们大车上打枣。外婆不仅不呵斥那些人，反而跑到路边帮人家打枣，还经常管人家吃顿饭，再给一袋子红枣，把人家送走。

满院子的枣树，是外婆的缩影。如今，我只要看到枣树，就会想起外婆。苍老的外婆，自打外公去世后中风，就大病小病没有间断过。几年后，她又患上了胃癌，瘦小的外婆因为病痛的折磨更加瘦小了。

又一个枣花飘香的季节，外婆走了，在我们的哭声中……

一座坟，两个人，外公和外婆合葬在一起。每年清明节，外公外婆的后代都会去看望他们，血缘亲情是人类家族维系最可靠的纽带。今天，寒风料峭，我怀念枣花的香味，更加怀念疼我爱我的外公外婆……

你让我疼了这么久

踏着细碎的光阴，在岁月的素笺上写上心灵的絮语，那一份思念长在季节的眉宇间，点点滴滴过了三个寒暑，最后落在这个春天，落在今日，让我的思念无所适从。

三年了，一千多个日日夜夜，就这么从指缝间溜走了。昨晚还梦见你在我的房间里揣手踱步，那些小碎步证明你身体不好，你的眼睛还是那么无神。我想抓住这些细节，可你却离我那么远，让我的心疼了又疼……

我下车，第一眼看到的便是摆在你家门口的你的遗像，黑白照片，像挤压在我心头的大山，让心有瞬间的窒息感。一份供香的大馒头摆在你的遗像前，还有一束新鲜的菊花。唢呐吹的是喜庆的调子。他们说三周年是喜事了，所以要开开心心的。

我一个人站在黑白遗像前，红了眼睛。其实我没哭，怕惹大家伤心，可是那照片就是在撕我的心。

你家院子里很热闹，炒菜的大铁锅冒着香气，蒸笼上得很高，多种菜肴，都是极好吃的。我特地进了厨房看看，以往每次来，你都在厨房忙，为我做好吃的。你说我这辈子懒人有懒福，不会做饭就有人给做，不爱收拾家务就有人给收拾，说我模样长得不好看，脑子却灵活。总算有一点夸奖，这就足以让我今生回忆了。

你的房间还是在楼下，床铺上面依旧那么干净，只是少了一个枕头，看起来那么孤单。

说实话，自打你离开，这栋房子我便很少来，拜年的时候拿一个红包装进姨夫口袋，便匆匆离去。我怕多耽搁一刻，就会控制不住泪腺，过年期间，我不想让你家里人都不开心。

从小在这个村子长大，那些还在世的老人都记得我。他们问家长里短，还时不时地打趣。我极力配合，在张弛有度的聊天中，忽然就有了笑。对的，是笑，我笑了，在你的三周年祭日……

天气好，暖和得很。墙根有几棵油菜花，虽然瘦了些，但是金黄金黄的色彩还是令人喜欢，我认为比那些摆在桌子上的菊花好看。

流水席摆在外边，沿着门口的路摆了好长。说来我们俩一样，都是嫁出去了还住在娘家，所以来送礼喝酒的除了咱们的亲戚，就是娘家人。

大表妹回来了，为了你的三周年祭日，她春节都没有回来过年。你走的时候，她有一个孩子，如今又多一个，不知道你能不能看到。年内我回去，孩子的爷爷对我说娃娃们没有外婆，可怜得很，二宝哭着说要去姨姨家。

当时我抱着孩子抹眼泪，原来在孩子们的心里，我这个姨姨竟然这么重要。你知道吗，二宝也仅仅见过我两次，她就记得我了。这么揪心的话，你听到了是什么感受？

小表妹去年找了婆家，男方想要迎娶的，但是被她拒绝了，她说要等过了你的三周年祭日才行。如果不能接受这个条件，婆家不要也罢。

这么一耽搁，又是一年多，她今年二十好几了，在农村已经是老姑娘了。

那个男孩在打工，没有见到，也不晓得长啥样。她未过门的婆婆来了，一位中老年妇女，皴裂的脸上带着朴素的笑，穿着很普通，话很少，放在人堆里认不出来。和你相比，是极不配的。在我心里你的气质很好，农村的妇女很少能比及。

中午十二点，放了烟花。农村现在摆酒席有一个风俗，准备吃饭的时候，要放几桶烟花，像是在告诉还没有来祭奠的人，赶紧来吧，快来吧，马上要开席了。我和表姐表妹们坐一席，二舅家的表弟老婆要来坐，我笑着把她赶走了，说她是外姓人。你不会见怪吧，其实她也不会的，我们大家已经习惯了姐妹之间的玩笑。

吃了午饭后，下午要去烧纸扎。我原本想给你糊一匹马，但是他们说不要那么多礼节了。想想也对，那些流于表面的东西不要也罢。你现在居住在丹江岸边的老家，我们要百里迢迢赶回去。表弟他们把火纸、鞭炮、烟火放进带拖斗的汽车，好些辆车一字排开，浩浩荡荡出发了。

我和你的儿媳妇坐在一辆车上，多好的女孩啊，从安徽嫁过来，不嫌弃咱们这里吃面条吃馒头，从来没有和你红过一次脸，还生了一个可爱的小男子汉。旁人都说你烧香烧到爷肚子里，能娶到这么好的儿媳妇，而你却狠心地扔下他们，一个人走了。

看着在弟妹怀里熟睡的孩子，我的心，怎么那么疼……

坐落在橘子园下方的一块坡地，便是你的新家了。一个土堆阻隔了阴阳两界，让我的思念尽数流动在虚空。你的名字是红漆写的，三个字像招魂的幡，把我的心又撕裂一遍，今天已经撕了好几次……

表弟给你买了别墅群，好几幢楼房，小轿车是宝马的，洗衣机是全自动的，电视是超大屏的，空调是格力的……该有的家电都有了，很齐全。

表妹买的马匹很高大，表姐也买了一匹，两匹马供你偶尔踏青去。

他们说赶紧烧了吧，从风口点火，一下子就能引着了。我看不清楚那些东西，但是温度忽然升高，热得我不得不后退几步。

鞭炮和纸扎一起点燃，我捂住了耳朵，却捂不住眼睛，总有一些东西在眼前闪烁……

他们说孝子赶紧磕头，该换孝了。换孝你懂的，用块红布换了三年前的白孝布，从此你就要去投胎了，以后就不属于我们这一家人了。如今生活富裕，换孝不再是红布，而是一床被罩、一方毛巾，全是红色的。

我觉得那些红太刺眼，就对发被罩的二舅妈说了，我不要那些大红的，我要夹在红色中间的素花的一床。她很惊讶，说大红的好看。我说我喜欢素净。二舅妈就特地把那床独有的素花被罩留给了我。其实二舅妈不知道，你是喜欢素净的。

瞬间，纸扎变成一堆纸灰，鞭炮变成一团黑云。你从此就要投胎别人家了，我的思念，该去哪里？

戏曲不了情

喜欢戏曲，从少年到中年，历经岁月的碾压，依旧是喜欢。

“生旦净末丑”这些角色，像印记一样烙在心里。舞台上咿咿呀呀的唱腔，色彩浓墨的扮相，在骨子里延伸。我无法阐述那种精雕细琢的一板一眼，怕自己太过肤浅，不能把那种美好表现出来。在我心里，戏曲就像春天的花蕾，携带着羞涩；像夏天的碧荷，缱绻着优雅；像秋天的红叶，斑斓着璀璨；更像冬天的蜡梅，凌立于万物之上，绽放异彩。

我知道戏曲的种类很多，各省都有各自独特的剧种、地方戏。于我而言，最喜欢的是河南的地方戏，如“豫剧”“曲剧”。“越调”也很喜欢，尤其是申凤梅大师演唱的《收姜维》，摇着蒲扇，信步而走，那种运筹帷幄指点江山的大气场，常在眼前。唱腔更是植入人心，余音缭绕，回味绵长。

因为一部《天仙配》，爱上了“黄梅戏”。“京剧”尽管听得似懂非懂，却依然沉迷其中。记得一部电视剧叫《有你才幸福》，里边的几位票友对京剧的热爱程度，至今想起，仍旧感慨不已。

当年在外地打工的时候，因为条件限制，听不到家乡戏，非常富有地方特色的“浙江大鼓书”，也听得津津有味。

喜欢听戏，最初来源于父亲。小时候，父亲兴趣高的时候，会拿起那把陈旧的二胡，用一块破布垫在腿上，手指轻轻拨下琴弦，然后微眯着眼睛，右手拉起二胡，手臂一拉一收，悠扬的二胡声便缭绕在耳边了。

偶尔他会哼哼几句，哼的是现代戏《沙家浜》《红灯记》《智取威虎山》里面的台词。曾经我趁父亲不在家，偷偷翻箱子，发现了这三本剧本，像饿狼见到血肉一般，如饥如渴。那时喜欢读书，逮着什么看什么。如今想想，连自己都不相信，当年这三本剧本居然被我看了好几遍，里边谁的唱腔，都记得清清楚楚。

看的第一部戏是电影，名字叫《铡美案》。当时听同学说他们村里要放电影，顿时血脉偾张。回家扔下书包，和父母打个招呼，便和村里看电影的人一起，撒开脚丫子就跑。为了能去电影场占一个好位置，遇沟跳沟，遇坡爬坡，遇河脱鞋蹚水。那劲头，比过年吃肉还有诱惑力。村庄和村庄的距离最少也有三四里路，远的有七八里，但距离在当时，好像完全不是问题。

那个晚上，第一次听到，不，确切地说是看到第一部正规完整的戏曲。那种滋味，像什么呢？就如心上放了一枚种子，遇到水的滋润，要开始萌芽了。对，就是萌芽的状态。

读初中的时候，有一个女同学会唱戏。她个子高，性格温柔，大眼睛整天带着笑，最让大家忘不掉的是两根黝黑黝黑的大辫子。有一次学校举办文艺比赛，她代表我们班参赛，一曲《花木兰》选段，震撼全场。那段“谁说女子不如男”，像花一般开在我心里。那时候还没有听过常香玉大师的唱腔，女同学的《花木兰》便如同天籁一般，缭绕在我的心间。

从此对戏曲的热衷像发酵一般，不断膨胀。后来，那个女同学没有考上师范，带着遗憾离开学校。多年后想起那个女孩子，一板一眼犹在眼前。我想，如果她能经过正规系统再培训一下，说不定在戏曲的路上会走出一片天。

有一年冬天，我们村来了一个戏班子，团长五十多岁，女的，个子不高，脸上有麻子，因此得一个绰号“麻女”。这个绰号很响，方圆百里只要提起“麻女”，人人都竖起大拇指。“麻女”的戏班子人不多，大概十多个人，被分别安排在村里不同人家住宿。“麻女”住在我家，每天看着她化装卸装、收拾道具，埋藏在我心中的戏曲种子蓬勃生长。

那天晚上，我偷偷地跑到“麻女”团长住的屋子，问她：“我能唱戏吗？”

她看了看我，肯定地说道：“你要是唱戏，是个好旦角，就怕你爹不同意。”

我以为父亲爱唱戏，必定不会阻挡我，没想到，他只说了两个字“不行”。

父亲的强硬态度，让“麻女”团长有些尴尬，她打着哈哈说：“闺女，别想着唱戏，这可不是啥好差事，你看我们东跑西跑，冻得鼻青脸肿，也收不了多少麦子！”

我还是说：“我想唱戏。”父亲就是不松口。

“麻女”团长摇着头说：“可惜了一棵苗子呀！”“麻女”戏班子在村里唱了三天，第四天早上，天刚亮，他们用自带的马车拉着收来的麦子走了。我跟到村口，从此断了戏缘。戏曲也就成了心中美好的期盼，每每听说哪里唱戏，不管多远，只要有可能，便一定去看。

岁月眨眨眼，飘了几十年。这些年东奔西跑，为了生活而忙碌着。空闲的时候，总在想，当年如果孤注一掷，和“麻女”团长一起学唱戏，如今会是什么样子呢？

前几天，摄影协会的朋友发给我一张照片，照片内容是戏台，戏台被一层简易木板分隔开，上面搭建的是舞台，浓妆艳抹的演员正在咿咿呀呀地唱戏。木板下面很矮，十多岁的孩子也只能半弯着腰。可有意思的是，就在只能半弯着腰的木板下面，一群孩子正或蹲或坐或半弯着腰玩跳房子游戏，神情很集中。

点评此张照片的评委老师说：“舞台上下，各得其乐。”

今年国庆长假过后，有朋友问我去哪里玩了。

我笑着说：“哪里也没有去，陪着老娘在县城中心广场看了四天免费大戏。”

朋友惊讶极了，说没想到我还有如此大俗大雅的爱好，我一笑而过，心里却久久不能平静。就广场看戏的四天而言，年轻人寥寥无几，一眼望去，台下坐的全是头发花白的老头老太太。我站在一大片老人身后，倒是成了风景。可是，我非常开心，在看戏的过程中，我不仅满足了自己看戏的渴望，也陪着母亲满足了她的需求。这样的氛围于我而言，很是惬意，很是幸福！

我痴迷听戏，百转千回，百听不厌，正是：一场大戏忆无穷，余音绕梁不了情。

母爱，请越过头顶的栅栏

女儿噘着嘴巴站在床边，对她絮叨："我就说坐月子请个月嫂，你说家里这么多闲人，还伺候不了我一个。看看你们伺候的啥，我现在浑身疼，都是夜里起来带孩子的缘故。我说带宝宝去医院，你说孩子太小，这下子好了，孩子吃滞了，怎么办？怎么办？"

她像个犯错的孩子，抱着婴儿坐在床上，正按姐姐家请的月嫂教的方法，轻轻按着孩子肚脐周围，以缓解孩子吃滞的状况。

看见我，她求救似的问："孩子吃滞了怎么办？"

我讶然，说："饿一会儿，别让孩子吃奶太勤了。"

她说："那饿了老哭怎么办？"我说："给孩子喝点水。适当地哭一下也好，孩子哭也是一种运动。"

她一脸献媚地看着女儿，说："你听听，你姨都说孩子要喝点白开水，你姨也是才带大的孩子，她是有经验的。"

我不解，望着她。

她说："女儿在网上看的，说吃母乳的宝宝不用喝开水。"

我说："少喝一点也没坏处，成年人都需要补充水分，婴儿虽然说喝母乳，但是母乳吃多了会食滞，那就给宝宝喝点水，延长吃母乳的时间，这样孩子就不容易食滞。"

她点头如捣蒜，扭过头看见女儿一脸的不以为然，她朝我吐了吐舌头，什么也不再说了。看着她坐在被窝里晃动怀里的孩子，我没有多待，简单说了找她的事便辞别而去。

她是我要好的朋友，一个气质极佳的女人。多年前因文字结缘，在一个网站里相识，后来互相介绍，原来同住一座小城，从此便有了实质性的来往，这一走动就是十多年。她喜欢写诗，短短的章节里彰显出对生活的热爱。

她穿衣必须和包包、鞋子搭配，不管是长衫还是短裙，不论是高跟鞋还是低跟鞋，在她的巧妙搭配下，整个人浪漫得如同一首诗。她是圈子里朋友公认的气质美女，谈吐温文尔雅，男士也好，女士也罢，每一个相交的人都赞誉她是一个时尚婉约的美女。

她有一个女儿，前年出嫁后，便长年居住在家。我曾经跟她说："给孩子一方世界，让她自由飞翔，成长是一个过程，虽然这个过程有点猝不及防，但是孩子终究要单飞的。也当是给自己一个放松的机会，好好感受文字的魅力，写一首诗，填一阕词，让一段时光真正属于自己。"

她却说："孩子爸爸舍不得女儿离开，就一个孩子，习惯在身边，猛地搬出去单住，放心不下。"

女儿和女婿的日常开销她全包，即便他们都有工资。时间久了，女儿和女婿便自然地享受他们给予的一切，稍有不妥，女儿就噘起嘴巴，埋怨来埋怨去。

女儿剖宫产，她像所有的母亲一样二十四小时守在床边。夫妻俩整天围着女儿转圈，一锅鸡汤从早上熬到晚上，端到医院，女儿只喝一口，便让她端走。

她指着一大筐给婴儿买的衣服，说："你看看，这都是我给孩子买的衣服，这一件连体秋衣一百多，这一件棉衣三百多，都是牌子货。"

女儿站在旁边，不高兴地说："谁让你买的，你买的不合适。"

她看着我，不再说话了，往日明亮的眼睛里都是无奈。

自从女儿坐月子以来，她以前每天一首诗的计划取消了，微信圈几乎没有更新过。有一次，我打电话给她，很久她才接电话，接着便连珠炮似的说："哎呀，我忙死了，忙得走不出家门，要帮女儿带孩子……"

与之相反的是我另外一个女性朋友，擅长写诗歌，诗歌在我们这里当得起一流，在小城很有名气。有一次我们在一起吃饭，说着说着就说到了她的儿子，她说儿子大学毕业就结婚了，和媳妇一起去深圳发展了。

我惊讶，说："那你不是快要做奶奶了？要去深圳带孙子吧？"

她羞得满脸通红，扭捏一会儿才说："我不会去带孙子的，到时候我给他们请个保姆，所有的费用由我出。"

我依旧不解，盯着她的眼睛看着。

她说："儿子儿媳妇他们有自己的生活，孙子由父母带最好。隔代亲，容易给孩子惯下不良毛病。最重要的是，我有自己的事要做。你看我才四十多岁，我的人生还很长，不能把日子放在尿布当中。"

随后像是自言自语，又像是对我说："我们喜欢写字，想要把日子过得浪漫，我认为，最美的温馨是沉浸在文学里。我喜欢写诗歌，就和你喜欢写散文一样。我们的目标相同，追求的梦也类似。"

说完这些后，她把相同的问题抛给我："将来你会带孙子吗？"我说："不知道，因为我的孩子还小。"

她笑了，笑得一脸迷醉。我肯定和她的想法一样，因为我们是追求生活质量的人，不愿意永远活在尘埃里，我们要让每一个文字都生香，等到未来，再回头细看，有足够多的回味和感动。

虽然我不确定能不能把日子过得极尽美好，但是，我希望我的孩子们能越过母爱的栅栏，活出自己的精彩，切身体会柴米油盐酱醋茶的味道……我要告诉他们，外面的世界很大很美好，需要他们自己去发现。

邂逅一朵花

一朵白色的花，开在半山腰的草丛中。我仰望大山的时候，看到它了，惊喜得不得了，提起裙子就朝山上爬。山太陡，灌木多，抓着枝条爬了几步，裙子便被带刺的枝条给缠住了，挂在刺上，动弹不得。

不上不下，看着那朵花，纯白的，干净得像一团云。蕊，金黄金黄，和油菜花的黄一样。慢慢摘掉裙子上的刺，想要继续爬，一个声音在耳边响起：“哎呀！孩子，赶紧下来，可不能再往上爬了，摔下来咋办！”

像是条件反射，立刻扭头朝下看，一个七八十岁的老奶奶，正眼睁睁地看着我，许是怕我摔下来，双手举得高高的，一副想要接住我的架势。

我咧嘴一笑：“没事的，我心里有数！”接着又问，“那白花是啥花？咋就一朵，太好看了。”

老奶奶这才注意到我上方的花，瞅了一眼，紧张地说：“那是油牡丹。”停了一下又发出惊诧的语气说，“哎，就为了一朵花，你上那么高，快下来！快下来！那边这种花多得很。”

一听白花多得很，我便顺着陡坡慢慢溜下来，快要落地的时候，直接跳了下来，吓得老奶奶赶紧来搀我。

没等我说话，老奶奶扛起扔在地上的锄头，说带我去看花。一边走一边嘀咕："你看看你们这些城里娃，咋就恁好新鲜呢！花有啥好看哩！年年都开嘞！"

我噙着笑，跟在老奶奶身后。山风吹来，她花白的头发在眼前飘起，黑色的裤子，黑色的秋衣，一双布鞋沾满黄泥巴，走路带起尘土，生起一股风，那泥巴便一点点脱落。许是感觉到我在看她，老奶奶回过头来，苍老的眼睛露出笑，干瘪的嘴唇没了牙齿，笑着笑着就露出了牙龈。恍然之间，我觉得眼前好似开了一朵花。

一个山洼里，一片白色的花随风摇曳，绿色的叶子衬着花，那花显得更白了。顺风吹来一股股香气，扑进鼻子里，浓郁的香味，绵绵不绝。

老奶奶说这些白花，是扶贫工作组让村里人种的，说这花是一种新兴的木本油料作物，高品质、高产出、高含油率、耐旱、耐贫瘠，适合荒山绿化造林。更具体的，她便不知道了。

按照她的指引，沿着山谷走，真的发现好些白花，有的种在洼里，有的种在山上，凡是有空隙的地方，均开着白花，全是这一种色彩。在山间的旮旯夹缝里，我每走一段路，便看到一片一片的花。

那些花们迎着春风，开得炽热，大朵大朵的，哪怕只有一种颜色，也不觉得单调。在山间的土地上，它们和大山一般宁静，安然绽放。婀娜的腰肢，撑起纯白的羽裳，可劲儿地舞着、舞着，飘洒着一片又一片的香，让每一个过往的路人心神荡漾。

我就这样在山间走，看一朵又一朵的花，有村民专门种植的油牡丹，也有山野的小花，那些花，或红、或素、或淡。

李白诗曰："云想衣裳花想容，春风拂槛露华浓。若非群玉山头见，会向瑶台月下逢。"由此可见牡丹的美丽。

油牡丹，牡丹的一种，因有一个“油”字，让它远离城市扎根山里。春来，开出一片洁白的世界。我来，它在，我不来，它依旧在，它和大山一起坚定地守候一方。

大自然，因为这些花，格外美好；人世间，因为一些人，特别温馨。

母爱，踏着北风来

这世上，总有一些片段藏在心底深处，像遗落在时空的花，猛然在脑海绽放，如同暗夜飞速划过的流星，勾勒瞬间的璀璨，温暖人生的每一个片段。

那年，我读初中，住宿在学校，吃的是喂猪般的大锅饭。面糊汤能映出人影来，馍馍沉重得仿佛能把头砸出一个窟窿。春天，更是青黄不接的缺粮时节，生活更加糟糕了。为了能让我们在学校吃得下饭，每个星期回家，母亲总会去菜园子拔些蒜苗，洗净，晾干，然后切碎，撒盐，滴几滴香油，拌均匀后，装进一个特大号的罐头瓶里。

这样的一瓶腌蒜苗，节约一点，差不多够吃一星期的。那时候，基本所有的同学都有这样的一个罐头瓶，放在课桌下边的兜子里。

有一天，倒春寒夹杂着寒流袭击而来。教室的窗户被钉了好几层薄膜，外边只能隐隐看出一片白，其他什么都看不到了。隔着薄膜能听到外边呼啦呼啦的风声。

这时，我看到一个人影在几个窗户边来回晃着，她走了好几趟，有几次趴在窗户上，想从窗户找个缝隙，可惜目光穿透薄膜是不易的事儿，她没有成功。最后，那道影影绰绰的身影便移动到了门边。一个教室将近一百个学生，目光都随着那影子移动着，老师终于感觉到不对劲，他的课直接被无视了。

老师瞪了大家一眼，便走过去拉开门，问道："您找谁？"

我们集体伸着脑袋，看出是一个中年妇女，头上包着蓝格子围巾，只剩下脸在外边，嘴里吐着白气，胳膊上挎着一个篮子，两只手不停地对搓着。

她好像没有听到老师说的话，伸长脑袋朝教室里边瞅着。

"请问您找谁？"老师又问了一遍。

那妇女还是不吭气，只管伸长脑袋朝里边瞅。

"老师，找我的……"这时候，我同桌站了起来，脸微红，咬着嘴唇。

老师看了看那妇女，又看了看我的同桌。

"她是我妈。"女同学说着便朝门口走去。那妇女看到女同学，紧凑的眉头忽然松开了，皴裂的脸上带着微笑，像早春的黄花，一脸温馨地看着女同学。

自始至终，她们母女之间没有交谈一句话，在百十双眼睛的注视下，女同学的母亲从胳膊上挎的篮子里一样一样拿出东西。一双带着金丝绒花边的棉鞋，一双毛线织的手套，还有一条长的围巾，最后拿出来的是一个笨重的罐头瓶。

女同学抱着一大堆东西，眼睛红红的。她母亲拿完东西后，便指着教室，让她赶紧回座位。女同学没有进，而是对着母亲指向外边，她母亲点头，然后挎着空篮子离去了。

面对此景，一班学生鸦雀无声，老师也目瞪口呆，这样的交流方式让人不解。

女同学把一堆东西放在了课桌上，依旧站着，轻轻地说："老师，我妈是聋哑人，听不见您说什么。”

西北风依旧呼呼地吹，教室里的温度却升高了。

老师和学生都盯着这位女同学在发愣，刚好下课的钟声响起，女生们叽叽喳喳地围到她的身边，拿着她的棉鞋、手套、围巾啧啧赞叹，羡慕至极。

那天，她那瓶腌蒜苗，好多同学都尝到了，咸咸的，香香的，辣辣的，吃进肚子，全是热流。女同学望着门口的方向，流泪不止……

她说从她家到学校有十多公里，要翻三个山梁。母亲挎着篮子，顶着北风，起码要好几个小时才能走到学校。

后来，慢慢长大了，同学们七零八落，那位女同学也成了遥远的记忆。那个初春的片段，在时光的流逝中，逐渐湮没了。但是，那份浓浓的母爱，却像一朵花儿，开在我心中，永远鲜活如初……

牛铃摇春光

北方的气候在一场接一场铺天盖地的大雪之后变得更加寒冷，嫩绿的小麦在盖了一床接一床的被子之后变得更加娇嫩。春天的气息提前预报给她，丰收的景象环绕着她，她竟然变得无比骄傲，展露着青碧的叶子，迎着冬末的涩风，挺起纤细的腰肢，伸长隐藏许久的冰肌玉骨，妖娆地吐露着一泽芳华。

我漫步在故乡起伏不平的田埂地头，汲取着早春的泥土芳香。

故乡的天空瓦蓝瓦蓝，几片棉絮般的云彩闲散地游荡在空中。附近的拖拉机冒着黑烟在土地上轰隆隆地响着，我沿着地埂，踩着干枯的草，慢慢地走向犁地工具的方向。坐在拖拉机上的司机双手摆动着方向盘，扭动着身子，在座椅上晃动，偌大的车轮子像古老的磨盘一样，一圈一圈向前走着，四个犁铧狠狠地在黑土地上划过。泛着亮光的黑土地瞬间被翻开在柔和的暖阳之下。

我瞪着大眼睛惊奇地看着眼前的情景，泥土在犁铧下不停地卷起、倒下，再卷起、再倒下，像魔术师手中的魔术棒一样在我的瞳孔里闪现。

一块地很快就被犁得平平整整，翻出来的厚厚泥土裸露在早春的柔风之中。拖拉机冒着黑烟继续前进，站在地头的老农，嘴角泛出淡淡的微笑，过滤嘴香烟捏在指间，淡淡烟雾一圈一圈飘散，袅袅冉冉，与空中悠闲的云彩会合在一起。

我被眼前的一幕深深地吸引，脚下似乎有磁铁，迈不动双脚，眼睛里噙满泪珠。

我不知道自己为什么会落泪，看着这么先进的犁地工具，我知道，我该为我的故乡高歌，我该开心，我该兴奋；可是，我还是情不自禁地哭了。

按照我离乡的年头，谈不上“少小离家老大回，乡音未改鬓毛衰”，但是屈指一算，离开故乡也已经整整十年有余。这些年在外奔波，偶尔回乡，也如匆匆过客，从来没有闲暇时间到田间地头转一转。晃眼间，故乡的犁地工具变得这么先进，这么机械化了。

我像一尊雕塑立在地头，任凭泪水洗刷我明亮的眼眸，挂满泪珠的两颊里，映照出童年、少年的脚印。

曾几何时，父亲从牛屋里搬出犁、耙放在坨子上，牵出家里的老牛，还让哥哥去邻居家拉出合用的牛，父亲给牛套上夹脖，套上笼嘴，然后拉着牛鼻子上的绳子，“喔喔、嗒嗒”地出发，去犁春地。

三十几年前的秋末初冬，天寒地冻，父亲戴着破烂的手套，双手用力握着犁把，使劲地压着，借用他身体的力量把犁铧压向黑土地，以此让犁铧把地犁得更深一些。两头老牛吃力地拉着犁，还有父亲半压的身体，超重的负荷让老牛呼哧呼哧地喘着粗气，摇着脑袋，耳朵乱摆，牛角竖立，脖子上的牛铃丁零零地响着，在地的两头来回转动。

父亲的鞭子高高举起，时不时地抽一下把步子放慢的老牛，无论鞭子落在哪一头牛身上，都会看到牛的身体抽动一下，偌大的牛眼噙满水珠，疼痛使牛加大了脚步。木制的、粗笨的夹脖在牛的脖子上来回地滑动，一撮一撮牛毛逐渐脱落，没有了毛的掩护，牛皮裸露在寒冬之下。

老牛吃力地穿梭在一块又一块春地里，一亩一亩的黑土地在它苍老的身躯下被翻开，穿在牛鼻子里的竹签来回摩擦，把它的鼻梁拉向一边，带着黏液的鼻涕鼾水一滴一滴顺着老牛嘴角的胡子落下。大块大块的土地，把老牛的精力彻底耗尽，牛蹄子摇摇晃晃，再也走不稳，似乎总想跌倒在刚刚犁好的沟壑里。父亲的眼睛湿了，老牛的眼睛也湿了，冬天的田野空旷无物，老牛仰天长鸣，“哞哞”的叫声显得格外刺耳。

父亲把牛赶到地头稍作休息，两头老牛一下子瘫卧在地上，牛尾巴不停地甩着，粗重的喘气声带着酸楚，父亲心疼得直摸老牛的鬃毛，抚摸着牛头。老牛似乎读懂了父亲无声的关怀，舌头舔着父亲的衣袖，舔着父亲的手掌，舔着父亲滴落的泪花。

可是，为了生活，父亲在片刻的休息之后，又把鞭子扬起，老牛猛地站起，瘦骨嶙峋的身子摇摇晃晃、跌跌撞撞地拉上犁，准备开始新一轮的劳动。

母亲挑着担子远远走来，老牛停下脚步，静等女主人的到来。母亲把水桶里的液体倒进盆子里，老牛慢慢地把头插进盆里，一头牛一大盆，老牛滋滋地汲着盆子里的液体，那是我母亲专门为它们挑来的“饮料”。那里边有主人吃剩下的残羹剩饭，还有一瓢麸子搅拌在里边，对于我家的老牛而言，那是世上最好的餐饮，它们喝得残渣不留，舌头还不停地舔着盆沿、盆底。犁完春地，老牛才可以有一段时间休息。它每天被父亲从牛屋牵出来，再牵回去，一个冬天就这样享受着主人的呵护，父亲用红绳把牛铃绑好，挂在老牛的脖子上，老牛每天都晃动着脖子，铃声响起，像唱歌一样，红绳子在料峭的冬天显得特别喜庆。

当小草冒尖的时候，父亲会再次牵出老牛，还有那一套家什，坨子、犁、耙等。老牛再次踏上征程，该上工了，父亲的鞭子再次扬起，春天来了，父亲和老牛一起播下春天的种子，牛铃的响声在村中此起彼伏，田埂地头，“喔喔、嗒嗒”的声音带着沉重的喘息声直穿云霄。

而今，时过境迁，老牛早已经不见了踪影，可是那种情景，却深深地印在我的脑海中。穿过时空的隧道，我仿佛听到了老牛脖子上的铃声，也仿佛看到了父亲那双破烂的手套，还有那半压在犁把上的身体。那双操劳的眼睛，今天看到，依然刺痛着我的心灵。

拖拉机停下，驾驶室的小伙欢快地蹦下来，友善地和我打招呼，我的脸上堆满笑容。老农的过滤嘴香烟随手递出，小伙子把烟点燃，与老农一起吞云吐雾。

黑亮的土地泛着油光，该播种了。

我望一眼脚下的土地，望一眼天空中的云朵，迈开大步，穿过田埂，走向我的故乡，走向我的村庄。高跟鞋踩在光滑的水泥路上，铮铮作响，我伸开双手，拥抱着大地，拥抱着清新的空气，在行走的岁月中捡拾记忆。

泪光中带着微笑，我看到故乡的亲人在村口等候，乡音、乡情，伴随着久远的牛铃声一起迎接春风。

摘一缕时光写进流年

早上起来，拉开窗帘，有雾。日光像是昏睡许久才张开眼睛，带着惺忪的懒样。山峦被蒙上一层神秘，高低错落的楼层，在雾罩中如同梦境。近前，有孩童相互嬉笑，传来闹哄哄上学的声音。一瞬间，心头没来由地悸动。光阴如古老的大手，撕开日历，化作并不连贯的过往，如叶纷飞。不经意之间，便惊起一地昨日的黄花。

那时，学校高墙之外，有一大片被平整过的土地。种了千百年小麦的土地上，栽了旱稻。看惯了麦子的我们，初次见到摇头晃脑的稻苗，那种欢喜，像是灵感乍现的一首诗，分外美好。

我喜欢秋日的黄昏。沿着窄小的田埂慢慢走，脚踩着松软的枯草，蚂蚱蹦跳着从脚脖上走过。风吹，狗尾巴草晃得越发厉害。成熟的稻子呼啦啦地闹腾，沉甸甸的谷穗在黄昏的光晕下，带着明亮亮的光。找一宽阔处，坐下，捧一卷书，纸香和稻香扑进鼻子。偷偷拆开夹在书中的纸条，一抹红晕浮在脸颊。

那个秋天，每一次收到纸条，便坐在那些田埂上。身旁是狗尾巴草，身后是成熟的稻谷，后来是没有稻谷的田。目光掠过眼前的枯草，再看不远处的校园，最后看遥远的村庄。天上白云变幻，晚霞通红……所有的风景像是立体的故事，浇灌懵懂的青春。

冬天来临的时候，他走了，成绩本就不好，家里便给找了工作。他离去的时候，那种目光让我揪心，也让我猛然放松。从此，地埂上，只读书，不看纸条。

那是初懂“关关雎鸠，在河之洲。窈窕淑女，君子好逑”的年纪，虽然怀有朦胧的情思，但是经不起时间的哆嗦。

犹记得，坐在我背后的那个帅帅的男生。整天像做贼一样，一再央求我：“盯着窗户，盯着走廊，老师来了，就用力往后撞一下。”我无语含笑，替他打了一个又一个掩护。那些写了字的小纸条，夹在书中，传送到另外一个女孩手中。后来，他们俩闹得太欢，以致被校方发现，挨一顿批在所难免。

许多年后的某个早上，我站在窗口发呆，寻找沉寂在心底的那种暖，却发现青春太短，岁月匆匆，成长让人猝不及防，一切都还没有来得及回味，便已飘远，成了一段不可触摸的往事。

前日与老师重聚。乍一见面，惊喜之后，竟涩了眼睛。当年英姿勃发的老师已秃顶，那几缕稀疏的头发贴在脑门子上，让我的心忽然一紧。

老师说：“这辈子没有大本事，做了个教书匠。要是如今再来教你，一定能让你学得很好。”那时他初次走上讲台，虽然满腹才学，却不懂怎么教我们，终究是遗憾。

我说：“能让我读个好大学吗？”

老师说：“肯定的，像你这么聪慧又调皮的学生，只要努力，肯定能。”

我笑着说：“那时候的我是不是太让您头疼了？”

老师不语。

沉默好一会儿之后，我说：“过去了，都过去了。生活会善待每一个珍惜日子的人，尽管我没有读大学，但是我依然感激老师，也尽力把日子过得有质量。”

老师说没想到我会写字，这让他很欣慰。

我调皮地眨眼，说：“您忘记了，我最好的便是文科，理科弱爆了。”

老师离开的时候，看着他发福的背影，我的脑海里不由自主地浮现出当年那个第一次走上讲台的老师的身影。那么消瘦、笔直，像一株挺拔的青桐树。想想当年，我们那个班级的物理成绩集体登不了大雅之堂。每次年级评比，都占倒数第一。老师急，我们也急，可是急来急去，还是倒数第一。

如今想来，老师那时候的教学方式定是有误区的，不然怎么几十个人都学得如此糟糕？二十多年后，老师面对自己的学生，坦然说出当年的不足，让我觉得这个冬天尽管带着雾色，但也是那么温暖。

我想对老师说，这个世间，任何事情都是经过千锤百炼之后才能见到成效，不是吗？中国的四大发明，外国的爱迪生发明电灯，牛顿定律……哪一个不是历经重重实验？历史的长河里，沙砾经过亿万次的冲刷才能成就晶体，废铁百炼才能成钢……

学生有第一次走进校园，第一次写字，第一次读书……园丁有第一次备课，第一次走上讲台，第一次拿起粉笔……老师几十年如一日地教书育人，含辛茹苦。年复一日，头发都脱落光了。我除了满满的感激之情，怎会有怨？

这些年在俗世打拼，经历过太多的坎坷，回想起来，人生最美好的一段光阴竟然是读书的时光。除了单纯，便是无忧。没有戒备之心，也没有疲惫之感。

人的一生难免浮沉，不会永远旭日东升，也不会永远痛苦潦倒。反复的沉浮，对于一个人来说，正是磨炼。我想，如果我们一直保持一种积极乐观、健康向上的心态，即使身处逆境，也一定会有“山重水复疑无路，柳暗花明又一村”的一天。

天涯很远，往事很近，就在眼前。